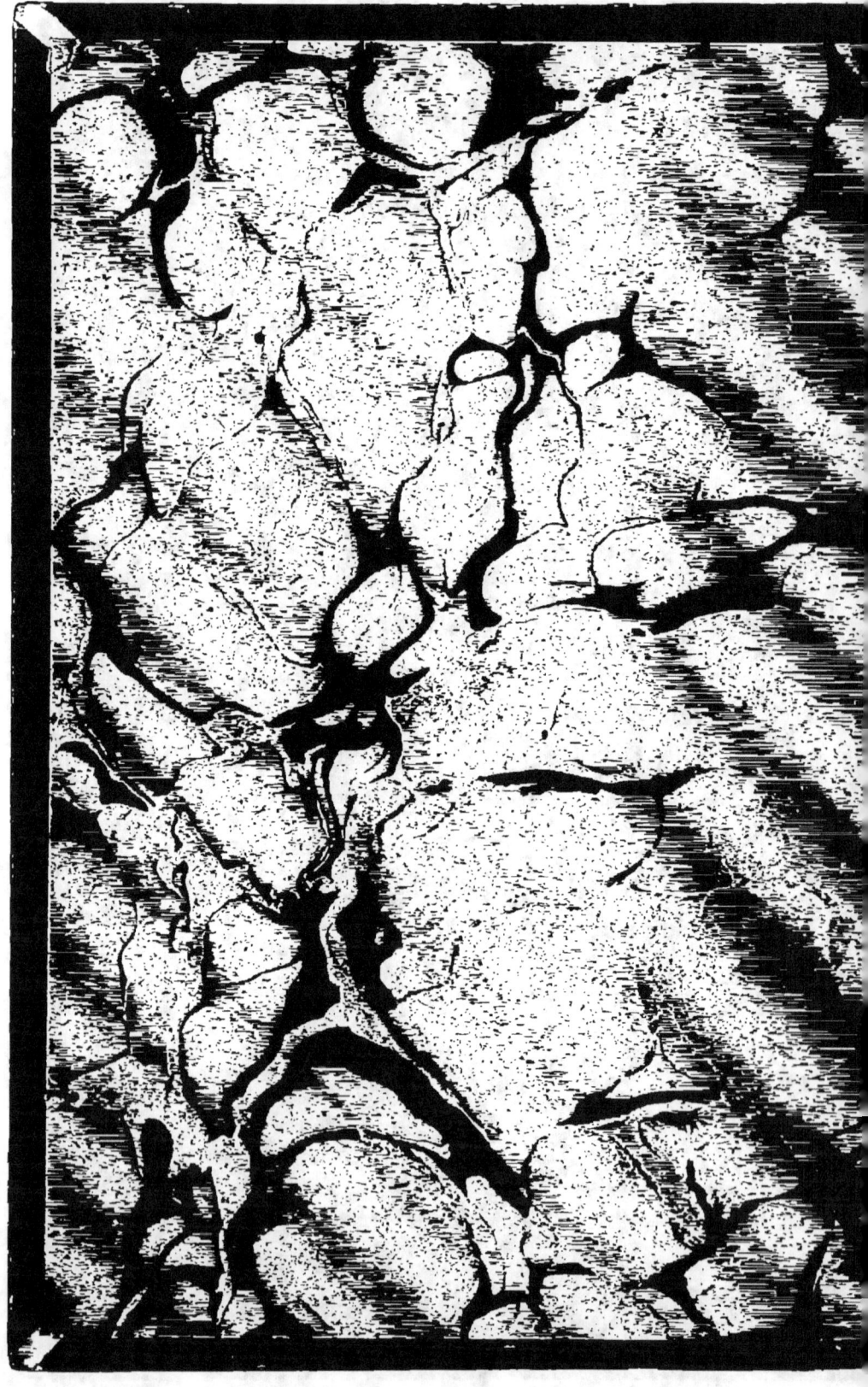

# NOTICE

HISTORIQUE, STATISTIQUE ET BIOGRAPHIQUE

SUR

# SAINT-GERMAIN-EN-LAYE

Imprimerie de BEAU, à St-Germain-en-Laye.

# NOTICE

## historique, statistique et biographique

### SUR

# S<sup>T</sup>-GERMAIN-EN-LAYE,

précédée de

## L'ITINÉRAIRE

### PAR LE CHEMIN DE FER,

suivie de

### L'HISTORIQUE DES CHEMINS DE FER,

## et de Notes

Sur le Service de Paris à S.-Germain et Stations intermédiaires;

### PAR MM.

### Julien REBIÈRE et Adolphe BRÉANT.

## Paris,

## BOCQUET J<sup>e</sup>, ÉDITEUR,

### RUE HAUTEVILLE, 27;

### CHEZ LES LIBRAIRES DE SAINT-GERMAIN,

### Et dans les Établissemens publics.

## 1838

# NOTICE

## HISTORIQUE, STATISTIQUE ET BIOGRAPHIQUE

### SUR

# S<sup>T</sup>-GERMAIN-EN-LAYE.

1

# Première Partie.

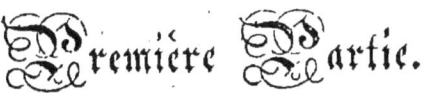

## ITINÉRAIRE

# DE PARIS A Sᵀ-GERMAIN

### Par le Chemin de Fer.

Si le siècle de Louis XIV dota la France d'illustration et de gloire, la grande secousse de la Révolution ouvrit à toutes les intelligences une vaste carrière d'émulation et de progrès. Depuis que la paix a réconcilié les arts libéraux et l'économie politique, l'industrie a semblé se pénétrer tout-à-coup d'un noble orgueil; et pour rivaliser avec la science et seconder les bienfaisans efforts du commerce, l'industrie a redoublé de persévérance et d'activité. De tous côtés ses travaux ont porté la richesse et la vie; et, lorsqu'en France on a compris que les chemins de fer étaient les premiers instrumens de sa prospérité, notre orgueil national a exigé que notre pays jouît des avantages de cette grande découverte !

Mais, il faut en convenir, *jamais* peuple n'eut plus le sentiment de sa propre gloire que le peuple français, et jamais horde sauvage ne fut plus apathique pour acquérir des richesses à son pays.

Après avoir long-temps écouté les récits merveilleux des résultats qu'opérait en Amérique et en Angleterre le mouvement communiqué à la population par les chemins de fer, on se décida enfin à en creuser un en France, dans un pays montagneux, difficile, mais dont le commerce est le plus constamment actif. C'est celui de Saint-Etienne à Lyon. Paris ne pouvait se ressentir directement des bienfaits de ce progrès nouveau, et pourtant Paris semble être le directeur suprême de tout nouveau progrès. Cependant, un industriel recommandé par des ouvrages littéraires, par des recherches précieuses dans la science de l'économie politique, M. Emile Pereire avait jeté entre Paris et S.-Germain une chaîne intime qui devait unir la capitale de Clovis à la succursale de la vieille monarchie. Ce n'est pas de nous seuls, observateurs et curieux, que M. Emile Pereire doit recueillir seulement un quotidien hommage ; mais alors que l'avenir ménage des couronnes aux hommes utiles , nous devons léguer à l'avenir l'expression de notre reconnaissance envers ceux de nos contemporains qui ont servi les intérêts du peuple et de la patrie. Emile Pereire a voulu porter le doigt de l'instruction sur les documens chronologiques qui nous restent à Saint-Germain. C'est un service dont le noble exemple doit aider les vastes communications qui joindront un jour Paris à tous les points historiques de la France ; Paris, posé désormais dans le grand corps du monde, comme un cœur central qui doit communiquer à l'univers l'activité, l'intelligence, la science, le mouvement, la vie et la liberté ! L'entreprise offrait de belles chances de succès, car le chemin de fer rapprochait d'un lieu où ne saurait marcher, sans fouler des restes illustres, le Parisien, le Français provincial , l'étranger, le curieux , l'homme enfin de tous les pays et de toutes les conditions qui veut connaître l'histoire ; car, ainsi que l'a dit Bossuet, *l'histoire est nécessaire à tout honnête homme*, et surtout l'histoire de son pays. Il fallut com-

1.

battre quelques obstacles topographiques, mais cependant peu considérables, pour achever le nivellement de la ligne du chemin de fer de Paris à Saint-Germain. En peu de temps l'ouvrage fut terminé, et le public vint en procession s'assurer à Paris qu'en 25 minutes il pouvait aller se promener dans les magnifiques parcs de Saint-Germain et jouir de la plus belle vue qui existe en Europe et dans l'univers même, si on calcule les souvenirs historiques qu'elle déploie.

C'est de la rue de Londres, sur les hauteurs des Batignolles-Monceaux, que l'on établit le point de partance des wagons destinés à ce service[1]; aux Batignolles déjà historiques par la belle défense du général Moncey et de la garde nationale en 1815; à cette place où régnait autrefois un petit Saint-Germain pour les officiers de l'Empire; au Tivoli ou trente mille ennemis

---

[1] Jusqu'à ce que l'administration ait vaincu les difficultés que soulèvent de toutes parts les propriétaires des maisons à l'intérieur de Paris, l'entrée principale du chemin sera à la place de l'Europe. Un élégant pavillon, orné de colonnes d'ordre dorique, avec des ailes en retour, a été immédiatement construit au-dessus du tunnel, et sert de salle d'attente; de là les voyageurs descendent par une pente douce sous le tunnel, où ils montent dans

n'osaient avancer dans la crainte d'y trouver le désespoir d'un courage malheureux.

L'exécution du chemin de fer de Paris à Saint-Germain présente un immense calcul de progrès à tout le voisinage de sa route. Aussi les administrateurs comprirent-ils bien la destinée de cette nouvelle amélioration dans notre système industriel-économique. La construction des bâtimens qui servent à cette exploitation sont dignes de leur objet; en parcourant les vastes salons d'attente et les différentes parties de l'enceinte réservée aux machines locomotives et aux wagons, on peut se convaincre qu'en France nous ne souffrons pas sans jalousie la comparaison du mieux. La régularité du service et les avertissemens préparatoires que la cloche de l'administration et la trompette du conducteur communiquent aux voyageurs donnent au

leur voiture respective, suivant leur rang d'inscription.

Le chemin de fer doit partir de la place de la Madeleine. Son développement est de 19,153 mètres environ. Les communes qu'il traverse sont celles de Paris (1er arrondissement), les Batignolles, Clichy, Asnières, Colombes, Nanterre, Ruel, Chatou et le Pecq. — Le nombre des voyageurs qu'il transporte est de 3,000 par jour, et de 48,000 le dimanche.

départ un caractère sérieux qui tient un peu de la solennité.

Et en effet, l'homme qui calcule les richesses immenses dont le génie dote l'avenir, l'observateur et le philosophe qui se pénètrent d'avance du tableau historique que les temps ont exposé à chaque pas dans le musée pittoresque que le chemin de fer traverse comme une longue galerie, tous doivent éprouver l'émotion que nous avons éprouvée nous-mêmes et dont le sentiment nous a donné l'idée de cet ouvrage.

Après avoir traversé les arcades souterraines qui séparent les Batignolles de la plaine de Clichy, alors que les wagons emportés avec rapidité s'éclipsent sur le sol; en sortant d'une nuit profonde qui s'efface comme un nuage, on parcourt une allée sablée où de chaque côté on a ménagé des amphithéâtres couverts de verdure et d'arbustes qui doivent bientôt en faire un parterre délicieux; de chaque côté se déroule un panorama magique. A gauche, c'est le rideau vaporeux de la côte de Meudon, les riches plaines de Neuilly, les collines qui couronnent Surenne, les hauteurs de Saint-Cloud, la montagne dite du Calvaire; à droite, les champs de

la Garenne couverts d'épis, de jardins, de villages naissans, et de fabriques. Au loin, les avenues
de l'abbaye de Saint-Denis et Saint-Denis lui-
même qui étend ses longues flèches dans les airs,
comme deux bras qui protestent contre l'immor-
talité des rois !... On a peu le temps d'arrêter ses
regards sur chaque paysage ; la rapidité du wa-
gon en fait toutes les minutes un changement à
vue, et l'on arrive d'abord au pont d'Asnières, où
la Seine écartant ses eaux embrasse mille petites îles enchantées. Que d'aimables surprises
pour l'artiste voyageur, quelle variété dans le
tableau ! L'habile pinceau de Daguerre peut seul
le refléter dans son magique miroir du Diorama.
Asnières est surtout célèbre par quelques épisodes de l'histoire des rois qui habitèrent S.-Ger-
main et Rueil ; l'impératrice Joséphine aimait
tant le voisinage d'Asnières, qu'elle manifesta
souvent l'intention d'y faire bâtir une résidence.
Saint Germain, évêque d'Auxerre, y prêcha la pé-
nitence au milieu des champs, en 418. Grégoire
de Tours y vécut ignoré. Plus loin, à travers les
groupes de peupliers qui s'élèvent sur le rivage,
est la petite ville de Courbevoie, où François II
et Marie Stuart ont laissé un triste souvenir !

En quittant Asnières, on entre dans la vaste

carrière des événemens historiques : çà et là, on distingue des châteaux, des tours ruinées, des fragmens de forteresse qui indiquent assez que le sol fut partout crevassé par des secousses monarchiques. Ici, les enfans des Mérovingiens furent esclaves de l'inquisition des maires du palais ; là, des héritiers de la couronne de Charles-le-Simple revendiquèrent leurs droits à la royauté ; plus loin, le mélancolique Robert promena ses rêveries ; le politique Louis XI imposa l'exil à un feudataire ; Henri II soupira aux pieds de sa chère Diane de Poitiers ; Charles IX poursuivit le cerf au milieu d'une cour joyeuse ; Henri IV, exposé lui-même à périr au milieu des eaux, voulut sauver les seigneurs qui l'accompagnaient [1]; partout une grande ombre

[1] A la place des ponts qui traversent la Seine, depuis Saint-Cloud jusqu'à Asnières, il existait alors seulement des bacs. Henri IV en 1606 éprouva cet accident en revenant de Saint-Germain avec la reine et quelques courtisans. Le roi était bon nageur ; quand il vit la reine hors de danger, il courut au secours des seigneurs de sa suite. Chaque fois que Henri traversait le bac, qui alors était public, il se mêlait à la conversation des paysans. Un jour il en vit un qui avait les cheveux blancs et la barbe noire, et il lui demanda la raison de cette différence : *Sire, répondit le*

qui surgit sur le rivage!... qui vous parle mystérieusement!... qui traverse l'espace comme le nuage léger qui parcourt l'horizon. Pénétré de tant d'émotions, on arrive immédiatement à Nanterre.

Nanterre, appelé par les anciens *Nemetodorum*, *Nanturra*, et dans la langue du moyen-âge Nantuerre, est un des villages les plus anciens des environs de Paris; il est même antérieur à l'établissement de la religion chrétienne dans la Gaule. Toutefois, son existence est prouvée depuis le v$^e$ siècle. L'illustre patronne de Paris, Geneviève y vivait en 420. Selon quelques traditions, elle gardait les troupeaux sur les bords de la Seine ; selon d'autres légendaires, la jeune vierge vivait auprès de son père nommé Sévérius, riche seigneur dont les mœurs et les usages trahissaient souvent l'illustre origine. Depuis ce temps, jusqu'en 591, nos vieilles chroniques ne font point mention de Nanterre ; à cette époque-là, le fils de Chilpéric, depuis roi de Soissons, abandonné et orphelin, n'avait pas encore reçu le Baptême : son oncle Gontran, roi de Bourgo-

---

*paysan, c'est que mes cheveux sont de vingt ans plus vieux que ma barbe.* A cette réponse le roi se mit à rire et la trouva si heureuse qu'il la raconta depuis plusieurs fois.

gne, s'empressa de venir à Paris et présenta à Nanterre sur les fonts baptismaux l'enfant royal qui fut appelé Clotaire ou Klotter, du nom de son aïeul. Quand Édouard, roi d'Angleterre, vint, en 1346, porter en France la révolte et l'incendie, Nanterre fut brûlé comme tous les bourgs-villes des environs de Paris. La seule église de Sainte-Geneviève, fut, *dit-on*, épargnée miraculeusement par les flammes. Quoi qu'il en soit, c'est dans cette église que le fils aîné de Philippe de Valois, qui fut ensuite le roi Jean, épousa Jeanne de Bourgogne, veuve de Philippe, fils d'Eudes, duc de Bourgogne.

Nanterre fut encore en 1411 le théâtre de la guerre; réunis au parti d'Armagnac, les Anglais le reprirent et y commirent des excès inouis. L'église de Nanterre est remarquable par son antiquité; c'est un édifice construit à diverses époques et par portion. Sous Philippe-le-Bel, en 1300, a été bâtie la tour qui est au côté méridional du chœur. C'est de 1400 à 1500 qu'on peut dater l'édification du sanctuaire; la nef est postérieure à cette date, et le frontispice est de 1638. Si on en croit la tradition, il existait au XIIᵉ et XIIIᵉ siècles, une chapelle sur l'emplacement même de la maison qu'avait occupé la maison de

Sévérius (ou Sévère) le père de la sainte ; auprès se trouvait un puits dont les eaux avaient, dit-on, des vertus surnaturelles. Dans le XV<sup>e</sup> siècle, une confrérie se réunit dans cette chapelle. On ne sait à quelle époque elle cessa d'exister.

Objet de la vénération des religieux et des pélerins, la chapelle de Sainte-Geneviève fut le but de plusieurs visites, et son patronage s'enrichit de dotations pieuses. Henriette de France, reine d'Angleterre, y vint faire ses dévotions ; la maréchale de Vitri lui légua une lampe d'argent ; Louis XIII s'y acquitta d'un vœu qu'il avait fait à Lyon à son retour de Savoie, et son épouse, Anne d'Autriche, après avoir long-temps fatigué les prêtres et les sorciers de l'époque de ses supplications, de ses prières et de ses demandes pour s'assurer qu'elle serait un jour mère, eut enfin recours à la puissance de la vierge. On sait que deux ans après, soit par l'intercession de la sainte ou avec l'aide des *secours humains*, elle accoucha à Saint-Germain d'un gros garçon qui fut nommé depuis Louis XIV.

Nanterre fut fortifié autrefois. Le sol est consacré à la vigne, aux légumes et surtout à la culture des roses. Il existe encore dans ce pays une fête qui est consacrée de temps immémorial à la pudeur, à l'émulation des jeunes filles de ce bourg-ville; c'est la solennité annuelle de la rosière; à part quelques déférences et des erreurs qui peuvent se glisser dans l'esprit du jury institué pour couronner tant de vertus, cette institution, par l'effet que produit toujours l'exemple, devrait avoir d'heureux résultats sur les mœurs. Nous ne connaissons pas assez Nanterre pour affirmer qu'il en est ainsi..... toutefois nous dirons qu'on y mange d'excellens gâteaux au beurre.

A deux cents pas de la route qui conduit les voyageurs du chemin de fer à Nanterre, les wagons ralentissent leur course progressivement et s'arrêtent en face du village. Cette halte, qui permet un moment de jeter un regard attentif sur le tableau des environs, procure deux minutes d'extase aux voyageurs. Le spectacle est si varié de tous les côtés, que l'on ne saurait choisir un point de vue de préférence à un autre. A gauche, s'échappant à travers des vallons sillonnés par la Seine, on remarque des maisons de plaisance qui s'élèvent au milieu de jardins délicieux; les yeux s'arrêtent sur un point où brillent encore mille souvenirs historiques. C'est l'antique Ruel (*Rodalius*), où reposent les restes de l'impératrice Joséphine et de sa fille la

reine Hortense ; Ruel où vécurent tour à-tour
Chilpéric, Clotaire, Judimel roi de Bourgogne,
Dagobert II, Gérard comte de Paris, Pépin,
Charlemagne, Charles-le-Chauve, les Capétiens,
les Valois, Antoine de Portugal et le ministre-
roi, le terrible Richelieu, qui l'embellit de magnifiques jardins. C'est là que s'éleva la forteresse qui fit appeler ce palais le château des
*Oubliettes :* épouvantable géant qui jetait de loin
l'alarme et l'effroi dans l'âme des feudataires et
dont on parle encore en tremblant. On sait qu'il
existait, dans le donjon, une trappe à bascule
qui précipitait tout-à-coup le proscrit et le disgracié au fond d'un abîme creusé dans les souterrains du château. C'est ainsi que disparurent
sans bruit plusieurs des victimes de l'ombra-
geux ministre. — Le château de Ruel passa à
la duchesse d'Aiguillon, après la mort de Richelieu. Lors des troubles de la Fronde, la cour
chassée de Paris y vint chercher un asile en 1648;
plus tard, après avoir appartenu aux Ursulines,
ce château fut vendu comme propriété nationale en 1793, et fut acheté par le maréchal
Masséna. — Au-delà de Ruel, en allant à Saint-
Germain, on remarque une magnifique caserne
d'infanterie ; plus loin on distingue à peine la

Malmaison, où tant d'épisodes de la dernière époque se rattachent. Près de là s'élève le pavillon de la Jonchère, sur l'emplacement d'un château qu'habita la belle Gabrielle d'Estrées. Sur la pente de la colline se trouve le village appelé la Chaussée, lieu autrefois nommé Charlevanne, nom donné par Charles-Martel à une pêcherie construite en 817. Au-delà, le clocher de la commune de Bougival (où sont déposés les restes de Rennequin Sualem, inventeur de la machine de Marly), signale la grande œuvre dont il est voisin.

Sur la droite est Chatou où les rois eurent une résidence et un hôtel de monnaie. L'église est du xii<sup>e</sup> siècle, le clocher du xiii<sup>e</sup>. Henri-Jean-Baptiste Bertin, secrétaire d'état du roi Louis XVI, y fit bâtir un château magnifique que l'on admire encore aujourd'hui. Les jardins, le parc et la terrasse qui l'entourent furent construits sur les dessins de Soufflot. Le territoire qui s'étend aux environs de Chatou paraît un vaste verger où la fertilisation sourit aux belles habitations qui flottent accidentellement çà et là au milieu de tant de richesses. Au fond de ce paysage, dans un lointain vaporeux, des côtes riantes, parsemées de villages et de forêts, forment un rideau bleu qui se détache de l'horizon. Mais, alors que les regards sont attachés à ces décors prestigieux, on arrive dans le bois du Vésinet, et là deux grandes toiles d'arbres verts semblent vous cacher le théâtre magique pour vous donner la surprise d'un spectacle plus imposant. (La petite forêt du Pecq a sa part dans l'histoire des rois de France [1].)

Les wagons s'arrêtent, on descend, on traverse les salles de l'administration du chemin de fer, on arrive devant Saint-Germain, au pied de la montagne, sur le pont qui joint le bois au petit bourg du Pecq. Les plus beaux souvenirs de l'Aquitaine, les riches tableaux du Languedoc s'effacent en présence de Saint-Germain! La ville des priviléges d'autrefois est encore, comme Corinthe, toujours jeune au premier aspect; vieille et délaissée quand on l'aborde, mais grande, majestueuse, imposante, assise sur son trône de rochers, veuve de sa cour et seule pour parler de sa gloire, murmurant à la fois les prières de Robert, les ricanemens de Charles VI, les

---

[1] C'est dans la forêt du Vésinet que se forma un complot contre le fier Roland, sous Charlemagne. Un rond-point de la forêt s'appelle encore *la Table de la Trahison.*

amours des François et des Henri et les ordres
de son Louis XIV. — Mère des rois, flétrie par
leur débauche, usée par leur caprice, ruinée
par leur ingratitude, elle les accuse des yeux
et regarde Saint-Denis !

Depuis l'existence du chemin de fer, on a em-
belli les abords de Saint-Germain ; un superbe
escalier en pierre de taille y conduit depuis le
pont jusqu'au pavillon Henri IV. De jeunes édi-
fices construits avec goût sur un dessin uniforme
bordent l'entrée après le pont. Le Pecq, qui se
trouve modestement placé aux pieds de Saint-
Germain, est un bourg-ville qui s'étend à gauche sur la descente assez raide de la côte de Saint-
Germain, depuis les limites de cette ville jusqu'en
bas, et ne forme qu'une seule rue. C'est un faubourg de la ville royale, qui a subi par son voisinage toutes les conséquences de sa célébrité. Il
se trouve en face du fameux arbre appelé l'orme
de Sully, qui s'élève de l'autre côté de la Seine,
et qui nous paraît bien antérieur au règne de
Henri IV. — Le Pecq appartenait en 704 au roi
Childebert III ; il fut légué à l'abbaye de Fonte-
nelle ; plus tard il devint tour-à-tour l'apanage
des souverains qui résidèrent à Saint-Germain-
en-Laye. — Sur la droite et le penchant du co-

teàu; un terrain de vignoble s'étend depuis le Pecq jusqu'à Maisons.

La longue rampe qui sépare le pont du Château a pris la place des jardins enchantés que Le Nôtre avait dessinés d'après l'ordre de Louis XIV. —Le pavillon de Henri IV a été rajeuni et conserve la grotte historique où M. Jules-Gallois vient de fonder un établissement public, qui semble destiné à recueillir les illustres pélerins de tous les pays, qui viennent contempler à Saint-Germain la grandeur d'une décadence, chercher la place où s'est assis Louis VI, l'allée où l'époux d'Éléonore fit la paix avec Henri II d'Angleterre, l'endroit du parc où Charles VII composait ses sirventes pour Agnès, le pavillon où François jurait amour à chaque belle, la chambre où Louis XIII frémit en écoutant son jeune fils se nommer roi, la salle où Anne d'Autriche enfanta Louis XIV, et découvrir à la dame de leurs pensées quelques chiffres amoureux échappés a la fureur des temps. Aussi,

« Les rendez-vous de noble compagnie
» *Se donnent tous en ce charmant séjour !* »

Arrivés à cette hauteur sur l'escalier qui conduit à la rue du Château-Neuf, on s'arrête, on se tourne du côté de Paris, et alors.... les expres-

sions manquent à l'esprit admirateur pour té-
moigner de la surprise et du saint respect que
vous communique la vue de ce merveilleux panorama. Le regard plonge dans une immensité
qui paraît n'avoir pas d'horizon. Le grand Paris
est là-bas qui rugit comme l'Océan.... On aperçoit même une des mille couronnes en pierre
de ce vieux monarque suzerain, c'est l'Arc-de-
Triomphe qui paraît comme un nuage fantastique
sur le fond bleuâtre du lointain. Près de lui s'é-
lève la croupe de l'antique Montmartre, la colline sacrée des Druides et des Gaulois. D'un côté
on distingue entre le coteau et le lit onduleux de
la Seine qui se déroule comme un ruban d'azur,
le château de Maisons bâti par Réné de Lon-
gueil [1], les villages et hameaux de Mesnil, Vaux,
Carrières-sous-Bois, le Belloy, le Pecq, le Château, le Port-Marly, la pompe à feu et l'imposant aqueduc qui s'élève dans le ciel, l'île de la
Loge, Prunay, Louveciennes, Voisin-le-Bois, la
Celle, Bougival, la Chaussée, la Jonchère, Ruel,
Nanterre, la Malmaison, et le Mont-Valérien.

[1] En 1778, cette propriété appartenait au comte d'Ar-
tois ; vendue comme bien national en 1793, elle devint plus
tard l'apanage du duc de Montebello, et fut acquise enfin

De l'autre côté du fleuve, et vis-à-vis le Mesnil, les yeux se reposent sur les villages d'Herblai, Montigny, la Frette, Cormeilles, Sartrouville, Houille, Montesson, le Bois du Vésinet, Croissy, Chatou, Argenteuil, les tours de la vieille Abbaye de Saint-Denis, et, tant que la vue peut s'étendre, une culture riche et variée, une population active et animée, un Éden enchanteur qui semble avoir été racheté à Dieu par les rois, si les rois pouvaient avoir eu jamais la pensée du bonheur de l'humanité.

Ce site, que la nature s'est plu à embellir, méritait tout l'hommage dont il fut environné depuis les Mérovingiens jusqu'au règne des Bourbons. Un d'eux, que la puissance et la vénalité avait abusé jusqu'à lui persuader qu'il était immortel, Louis XIV, déserta Saint-Germain pour aller construire à Versailles, sur un terrain stérile et ingrat, un palais dont le chiffre de dépense était si élevé, que la première fois le roi

par M. Jacques Lafitte. Voltaire a décrit cette superbe habitation dans ces vers :

> Simple en était la noble architecture,
> Chaque ornement à sa place arrêté,
> Y semblait mis par la nécessité,
> L'art s'y cachait sous l'air de la nature.

despote craignit les murmures du peuple : *Il brûla les comptes*, dit Marmontel, *pour n'avoir pas à montrer le bilan.*

Le motif de la préférence que Louis XIV accorda à Versailles est, dit-on, basé sur une crainte qui s'empara du grand roi, quand il s'aperçut qu'il n'était plus jeune; tout ce qui lui parlait de la mort l'effrayait, et du château de Saint-Germain, il apercevait à chaque heure du jour les flèches de l'abbaye de Saint-Denis, où son tombeau était déjà prêt pour le recevoir. On ne saurait s'expliquer depuis l'indifférence que les rois qui ont succédé à Louis XIV ont témoignée à Saint-Germain. Depuis l'institution de la monarchie dans les Gaules, ce magnifique site eut une prédilection royale. La tradition antique, qu'on ne saurait consulter que sur la pierre des monumens, a gardé le silence sur les siècles antérieurs. L'histoire seule a légué à l'avenir des pages curieuses sur l'origine de Saint-Germain. L'intérêt qui s'attache à ce Chanaan des rois nous a fait un devoir de recourir aux recherches les plus minutieuses sur ce sujet, afin de les communiquer à nos lecteurs.

Voici l'histoire du château de Saint-Germain :

## Deuxième Partie.

# HISTOIRE

# DE SAINT-GERMAIN,

### DEPUIS SON ORIGINE

### JUSQU'A HENRI IV.

Les moines s'occupèrent les premiers, en France, du défrichement et de la culture. Autrefois de vastes forêts entouraient Paris, et l'une des plus considérables, connue sous le nom de la forêt d'Iveline, comprenait toute la Beauce et s'étendait jusqu'à Poissy, en passant par le Pecq. A partir de là, cette forêt, se séparant, perdait son nom et prenait celui de *Laye*, en latin, *Ledia*. Les moines y portèrent la hache au $x^e$ ou $xi^e$ siècle.

On ne saurait dire au juste l'origine du

nom que, depuis plus de mille ans, porte la forêt de Laye ; ce qu'il y a de certain, c'est que sous Charlemagne elle se nommait Lida, et que, comme nous l'avons dit, elle s'étendait jusqu'à *Aupec*, aujourd'hui nommé par corruption, *le Pecq*.

Vers l'an 1015, comme semblent le prouver des lettres-patentes de cette époque, le roi Robert, parvenu au trône en 996, conçut et exécuta le projet de construire sur la crête du coteau d'Aupec une église sous l'invocation du martyr saint Vincent et de l'évêque de Paris, saint Germain ; malgré sa destination, cette église demeura long-temps sans importance ; car, en 1220, cent cinq ou cent dix ans après sa fondation, elle ne comptait encore que deux religieux. Toujours est-il qu'en l'an 1100, plusieurs habitations étant venues se grouper autour du monastère, l'abbé de Colombs, qui en possédait alors le gouvernement, se vit obligé d'y envoyer un prêtre pour y exercer les fonctions curiales. C'est donc de cette époque qu'on peut dater l'origine d'une ville qui plus tard devait être une résidence royale et voir naître et mourir dans ses murs tant de grands hommes, tant de rois despotes, tant de courtisans corrompus.

On sait qu'aux temps reculés dont nous parlons, les rois, faisant de fréquens voyages dans leurs États, se réservaient le droit de gîte dans les maisons religieuses dont ils étaient les fondateurs ; Robert, ainsi que ses successeurs, usèrent peu de ce droit à l'égard de l'église de saint Vincent et saint Germain ; mais Louis-le-Gros, en 1123, ayant vaincu cette tourbe d'ennemis que lui avait suscitée Bertrade sa belle-mère, conçut l'idée de bâtir, pour la sûreté du pays, un château-fort à Charlevanne, terrain situé vis-à-vis du prieuré, entre Aupec et Ruel, et dont les dépendances étaient considérables. Grâce à cette circonstance, les religieux de ce prieuré eurent l'honneur de recevoir le roi qui, séance tenante, leur offrit d'échanger ce terrain de Charlevanne contre plusieurs églises, des dîmes fort étendues et d'autres avantages nombreux.

Cette concession obtenue, Louis-le-Gros s'occupa sur-le-champ de la construction de ce château qu'il ne mit, tout porte à le croire, qu'un an ou deux à parachever. Telle est l'origine de cet admirable palais dont les dalles ne peuvent être foulées sans que le sang reflue vers le cœur avec force, tant il y a de souvenirs incrustés dans la moindre de leurs parties, tant le sol est palpitant de traditions historiques.

Le premier fait politique remarquable qui s'y passa, fut la réconciliation de Henri II, surnommé *Plantagenet*, roi d'Angleterre, avec Louis VII, réconciliation qui eut lieu le 6 janvier 1169, au milieu des fêtes les plus brillantes, de la pompe la plus solennelle et à laquelle Henri II fut entraîné par le duc de Saxe, qui l'année précédente avait épousé sa fille Mathilde. Cependant ce n'est qu'en 1176 ou 1177, que la guerre se termina réellement entre ces deux princes par un traité dont le cardinal Pierre de Saint-Chrisogone, légat du pape, se rendit le médiateur. Cette réconciliation fut-elle sincère?..... l'intimité pouvait-elle exister entre deux rois rivaux de puissance et d'amour?.... On sait qu'Éléonore d'Aquitaine, après son divorce d'avec Louis VII, dit le Jeune, devint l'épouse du courtois Henri II, auquel elle apporta en apanage les plus riches provinces de la France; et cet acte impolitique fut, entre les deux nations, l'origine d'une animosité constante [1].

C'est à partir de Louis VII que nous voyons

---

[1] Cette époque a été traversée par de grandes célébrités, au nombre desquelles on doit citer, entre autres, Héloïse et Abeilard.

Saint-Germain devenir réellement la demeure favorite des rois. Philippe-Auguste, parvenu au trône le 18 septembre 1180, en fait son plus riant séjour. Nous l'en voyons partir en 1189 pour la croisade qu'il entreprit en 1190 et qui dura un an à peine. Nous l'y retrouvons en 1191. En 1200 il y ratifie un traité de paix avec Régnault, comte de Boulogne; traité dont un des articles spécifiait le mariage de la fille de ce dernier avec l'héritier présomptif de la couronne. En 1219, un nouveau traité y est signé par lui avec le connétable de Montmorency, puis il y accorde divers priviléges à l'hôtel-Dieu de Gonesse. Enfin, c'est là qu'en 1222 il fait son testament pour de là aller terminer sa carrière à Mantes, le 14 juillet 1223.

Nous ne saurions affirmer si Louis VIII, son fils, fit, ou non, de fréquentes visites à Saint-Germain. Le règne de ce prince ne dura que trois ans et quatre mois, et l'on sait qu'il fut en quelque sorte rempli par une guerre acharnée contre les Anglais et les Albigeois. Mais il est facile de démontrer que Louis IX, né à Poissy le 25 avril 1215 et montant sur le trône le jour de la mort de son père, sous la régence et tutelle de la reine Blanche, sa mère, donna tout d'abord des marques positives d'affection pour les bois et le château que, malgré lui sans doute, Louis VII avait négligés.

En novembre 1227, Louis, que tous les peuples connaissent aujourd'hui sous la dénomination de saint, y donna une patente en faveur de l'abbaye de Saint-Antoine-des-Champs. En 1228, il brisa le joug qui pesait sur les habitans voisins du château : joug qui leur imposait l'obligation de se laisser dévaliser de leurs matelas, coussins, couvertures et meubles nécessaires au service du roi et des personnes de sa suite, lorsque la cour venait s'installer à Saint-Germain. Car ainsi marchaient les choses avant cette époque ; le pauvre, écrasé par les grands, n'avait même pas le droit de murmurer lorsqu'on lui arrachait sa seule guenille. Son devoir à lui, c'était de souffrir et de supporter toutes les angoisses de la vie ; c'était d'honorer ceux qui le pillaient ; c'était enfin de se réduire, de gré ou de force, à l'état de brute, au métier d'esclave.... Le bourreau, c'était le roi !

Louis IX ne s'en tint pas à cette action honorable ; en octobre 1229, il confirma la fondation d'un petit hôpital et d'une chapelle que, vers 1225, un nommé Régnault ou Rénault Larcher, qui avait été attaché à la maison de Philippe-Auguste, fit élever et dota de ses deniers, dans un terrain vague, situé au midi. Ce fut sur cet emplacement qu'on éleva plus tard l'église et le couvent des Récollets. Puis nous voyons Louis IX prendre sous sa protection, en 1232, les chanoines réguliers de l'abbaye chef-d'ordre de Prémontré, attendu qu'à cette époque les domaines de l'Église étaient souvent ravagés par des sujets rebelles au culte et au roi.

En 1239, Baudouin II, empereur de Constantinople, était à la merci des Vénitiens pour un emprunt assez considérable qu'il leur avait fait, et pour gage duquel il avait remis en leurs mains la Sainte-Couronne d'épines. — C'est encore à Saint-Germain que nous voyons Louis IX négocier avec Baudouin, obtenir de se substituer à sa place, satisfaire à force d'or et de sacrifices l'avidité des créanciers de ce dernier; et enfin, le 11 août, se rendre au devant de la Sainte-Couronne qu'il porta lui-même, la tête et les pieds nus, depuis Vincennes jusqu'à Paris, où elle fut religieusement déposée dans la chapelle du Palais. Huit ans après, c'est-à-dire en 1247, Baudouin, qui ne pouvait espérer que d'humilians dédains des peuples d'Occident auxquels il avait

3.

mendié des secours, parut dans notre belle cour de France et fut logé à Saint-Germain. — Quelques écrivains semblent vouloir réfuter ce fait; mais nous trouvons dans l'inventaire des choses précieuses de la Sainte-Chapelle que cet empereur y souscrivit un acte qui gratifiait Louis IX de plusieurs reliques importantes, et c'est là une preuve que nous ne saurions mettre en doute. — Il serait même possible que ce présent, joint au vœu que le saint roi avait fait durant une maladie, ait servi de motif à la guerre qu'on le vit porter en Palestine. — Ce fut douze ans après cette expédition en Orient, qu'il accorda sa fille Blanche avec Ferdinand, infant de Castille; cette brillante cérémonie, pour laquelle tout le luxe de l'époque fut déployé, eut lieu à Saint-Germain, où la cour se trouvait alors, le 28 septembre 1266.

On sait que Louis IX mourut à Tunis le 25 août 1270, et que les seigneurs rassemblés portèrent de suite au trône Philippe-le-Hardi, son fils, qui ramena les cendres du saint roi à Saint-Denis, où il fut inhumé le 22 mai 1271. Aussitôt après, Philippe se rendit à Saint-Germain, et l'on voit la veuve de Louis y renoncer, en sa faveur, à la jouissance de la terre et forêt qu'elle possédait par droit successif.

Peu de choses prouvent que Philippe-le-Hardi fit de nombreuses excursions dans le château de ses ancêtres, mais deux monumens attestent au moins qu'il y fit plusieurs séjours. Le premier porte confirmation des lettres de Richard I$^{er}$, roi d'Angleterre, en faveur des religieux de l'abbaye de la Luzerne et de leurs sujets, et est daté d'octobre 1278. Le second est une pièce servant de lettres de sauvegarde, attestant que l'abbaye de Moyssac est sous la protection de la couronne, à laquelle désormais sera inséparablement uni tout ce qui appartient au roi dans la ville de ce nom.

On attribue à Philippe-le-Bel plusieurs actes émanés de la résidence royale de Saint-Germain; mais comme ces actes ne portent point de dates, et que leur style et leur forme ne nous paraissent pas appartenir à cette époque, nous n'en parlerons point. Nous dirons seulement qu'en 1290 ce prince donna des lettres portant que les affaires de la communauté et des habitans de la ville d'Yssoire ne seront plus jugées par les *petits baillis* de la province d'Auvergne, mais bien par le connétable, le comte de Poitiers, ou ses commissaires. Nous ajouterons qu'en 1300 il y accueillit la réclamation du prieur de Saint-

Germain, se plaignant que ses revenus dimi-
nuaient considérablement, et qu'il fixa en 1306
les dîmes appartenant au prieuré sur les vins et
les grains qu'on devait verser aux celliers et
greniers de Poissy, Triel et Charlevanne, à sept
livres de rentes.

Nous ne nous étendrons pas sur la présence,
au château de Saint-Germain, de Louis X le
Hutin, de Philippe-le-Long, de Charles-le-Bel
et de Philippe de Valois. Peu de choses intéressantes s'y rattachent. Il faut seulement signaler
la déclaration rédigée en forme d'ordonnance,
par Philippe-le-Long, le 2 janvier 1317, portant que *les lois et coutumes inviolablement ob-
servées parmi les Français, excluaient les filles de
la couronne*, et l'espèce de réglement adopté,
contrairement à tout sentiment d'honneur et d'humanité par Philippe de Valois, en novembre 1329,
contre les hérétiques.

Le cœur se brise, le rouge monte au visage
quand on lit les dispositions de ce réglement
vouant aux flammes les maisons qu'auront habi-
tées les individus attachés au culte protestant, pri-
vant de tous offices publics ces sectaires hon-
teusement réprouvés, et proclamant à haute voix
l'existence en France de l'Inquisition.

Nous devons encore dire que ce fut sous Philippe de Valois que Saint-Germain-en-Laye fut pillé et brûlé par les Anglais. Une partie du château échappa seule à la destruction. — Néanmoins il fut promptement réédifié, ou à peu près, puisque Philippe, étant mort le 22 août 1350, Jean II se trouvait en mai 1351 à Saint-Germain, où son séjour n'a laissé que peu de souvenirs, car ce roi malheureux et prisonnier a régné plus en Angleterre qu'en France.

Nous venons de dire que le château de Saint-Germain avait été *à peu près* réédifié, et c'est là véritablement l'expression dont nous devions nous servir. — En effet, il est certain qu'il resta fort endommagé pendant 17 ans environ, et qu'on ne le vit changer d'aspect qu'à l'instant où Charles V, appréciant son utilité pour la défense de Paris, en entreprit la reconstruction pour ainsi dire complète. — On ne doit donc attribuer qu'à ce roi, sinon l'élévation de la grotte qui fait aujourd'hui partie du restaurant de M. Gallois, et qui porte encore le nom de pavillon Henri IV, du moins sa réédification; car il est à croire que ces murs, décorés d'une architecture gothique du style sclavon, et qui sont émiettés par les siècles, sont antérieurs à l'origine qu'on leur prête généralement.

Jusqu'à Charles V, S.-Germain n'était, à bien dire, approvisionné d'eau que par deux puits malsains. — Ce prince fit reconnaître plusieurs sources dans la forêt de Marly, et désormais ses sujets n'eurent plus à souffrir pendant les sécheresses. — Le 7 août 1378, il autorisa des étrangers à faire le commerce et la banque dans les villes d'Amiens, Abbeville et Meaux. — Le 9 du même mois, il affranchit les Juifs de la langue d'Oyl des redevances censives et autres droits, moyennant un prêt de vingt mille francs, et deux cents francs qu'ils devraient lui payer chaque semaine. Le même jour il interdit aux Juifs convertis toute dénonciation aux tribunaux contre leurs anciens co-religionnaires, à moins de fournir caution et d'une information préalable. — Enfin, le 26 novembre suivant, il ordonna une nouvelle fabrication d'espèces, et taxa à cent cinq sous chaque marc d'argent qui serait livré aux hôtels des monnaies.

Un tel roi méritait le surnom de *Sage*; il lui fut accordé par ceux qu'il était appelé à gouverner, et les générations postérieures le lui conservèrent, comme pour faire désirer à ses successeurs de le posséder. Il est fâcheux que dans ce cas, l'exemple n'ait pas été profitable.

Charles VI eut un règne moins brillant à Saint-Germain qu'à Vincennes; seulement on l'y voit en 1386 fixer le prix de l'argent et ordonner la fabrication de petits deniers parisis; en 1390, instituer des généraux de finances, et enfin arriver au moyen de créer de nouveaux impôts et d'établir une taille générale, projet qui ne reçut pas d'exécution [1].

[1] Vers le milieu du mois de juillet de l'année 1390, le roi et la reine, Isabeau de Bavière, étant allés prendre l'air au château de S.-Germain-en-Laye, à l'heure que l'on chantait la messe devant eux, et que le conseil était assemblé d'un autre côté pour aviser à mettre de nouveaux impôts et à établir une taille générale, le ciel, qui était serein, s'obscurcit en peu de temps, l'espace d'une lieue seulement, qui faisait le tour du château; et il survint une infinité d'éclairs et de coups de tonnerre. Le vent brisa toutes les fenêtres, et mit en morceaux tout le vitrage de la chapelle de la Reine, qu'il porta jusqu'au pied de l'autel. — On fut obligé de cesser le chant pour finir plus tôt la messe, de crainte que le vent n'emportât la sainte hostie. Tout le monde se jeta par terre; le conseil même cessa. Les plus grands arbres de la forêt furent arrachés, et on rapporta à la cour que le tonnerre était tombé entre S.-Germain et Poissy, sur quatre officiers du roi, dont il avait consumé les os et le dedans du corps, en sorte qu'il ne leur restait que la peau, qui était noire comme du charbon. Ce

On connaît les événemens qui signalèrent le règne de Charles VI, de ce pauvre roi qui mourut en démence et à qui une reine impudique et haineuse avait arraché l'infâme traité de Troyes; nous nous en tiendrons donc à ce qui précède.

Charles VII, après avoir, par la force des armes, déchu du trône de France Édouard, petit-fils de son père, fut trahi et vendu aux Anglais, en 1438, par un religieux de Sainte-Geneviève, prieur de Nanterre, nommé *Carbonnet*, qui avait ses entrées franches dans le château de Saint-Germain. — La même année il rentra en possession de ses droits, aimant mieux toutefois racheter à prix d'argent son château de Saint-Germain, du capitaine anglais qui y commandait, que d'exposer ses sujets à une nouvelle guerre de sang et de feu.

De ce moment à l'avènement au trône de François I<sup>er</sup>, il n'existe aucun document sur la ville et le château de Saint-Germain; mais le

mal inopiné, arrivé dans ce canton, fit un grand bien au peuple du royaume. La reine remontra que le Ciel s'était opposé à l'établissement de l'impôt, et cette princesse, qui était prête d'accoucher, obtint qu'il n'y en aurait point.

(*Chronique.*)

lecteur peut s'en consoler; car c'est surtout à partir de ce monarque que l'endroit que nous avons résolu de décrire devient le séjour le plus fantastique, le plus suave que jamais le ciel ait permis à la terre.

On pense bien que François I<sup>er</sup>, qui, avant d'arriver au trône, rêvait déjà une cour galante et voluptueusement luxurieuse, ne se contenta ni du château, ni du parc que lui léguèrent ses aïeux; tous deux furent agrandis; les ornemens intérieurs, refaits au goût du jour, se ressentirent de l'esprit de celui qui les avait ordonnés; la façade intérieure reçut de grandes améliorations; tout enfin fut presque entièrement remis à neuf. Mais ce qui surtout mérita les attentions de François, ce fut le parc, trop restreint pour cette imagination ardente et dont le sol était couvert de chênes, d'érables, de charmes, qui, long-temps frappés par le temps, tombaient de vétusté. On les remplaça par de vastes allées d'ormes dont l'épais feuillage devait en défendre l'entrée aux indiscrets rayons du soleil. Quatre cent seize arpens de terrains furent enclos de murailles, et nul regard ne put désormais pénétrer là où le gazon, encore humide de la rosée du matin, devait si souvent être témoin des amours d'un roi

et des tendres baisers qu'il prodiguait à ses nom
breuses courtisanes.

Ce bel enclos portait le nom de petit parc
et était percé de plusieurs routes qui, plus d'un
fois, conduisirent le sensuel François Ier au pa
villon de la *Muette*, au château du *Val*, ou à l
maison des *Loges*, tous points de rendez-vou
qu'il avait fait élever, comme s'il avait prév
d'avance les douces heures qu'il devait y pa
ser avez la belle Féronnière, Françoise de Fo
madame de Châteaubriand et avec tant d'au
tres d'une moins haute naissance, et dont l
murs, comme les arbres de Saint-Germain, o
tu les faiblesses.

Pour complaire aux curés, François Ier o
donna, par lettres-patentes datées du 1er ma
1545, qu'à l'avenir nul ne pourrait enlever u
gerbe de son champ sans payer la dîme, apr
quoi, il alla mourir à Rambouillet le 31 ma
1547 âgé de 53 ans. Trentre-trois années d
règne et de débauches avaient usé ce corps qu
la pourpre royale avait recouvert, que le v
nin du libertinage n'avait pas craint de flétri
mais à qui les lettres rendront un éternel hom
mage.

Henri II hérita des penchans de son père; c

endant il poussa moins loin la licence. Les
chos du parc et ceux de la forêt de Saint-Ger-
ain retentissent encore des noms de Henri et
e Diane de Poitiers, de cette femme belle en-
re toutes, et dont le cœur était tout entier aux
ouces émotions. Que de fois leurs chiffres
entrelacèrent, gravés par leurs mains royales,
ur l'écorce de ces muets témoins de leurs ser-
ens! Comme on est agréablement ému à l'as-
ect de ces plaines de verdure que leurs pieds
nt foulées et qui leur servirent si souvent de
uvet, alors qu'ils allaient, loin du bruit des
ours, chercher un sommeil réparateur!....

Saint-Germain n'oubliera jamais les amours de
Diane, comme il n'oubliera pas non plus qu'il
oit à Henri d'avoir vu dans ses murs l'avant-
ernier combat judiciaire qui ait été autorisé
n France!

Mais hélas! les rois ressemblent à une bombe
ui jette l'alarme et fait trembler les genoux
orsque, grondante, enflammée, elle remplit le
ercle qu'elle est destinée à parcourir, et qu'on
epousse dédaigneusement du pied lorsqu'elle
st à terre, brisée et sans force. Aussi Henri II
vait-il à peine exhalé son dernier soupir dans
on palais des Tournelles, le 10 juillet 1559, que

la cour abandonna ses restes à des officiers sub-
alternes et vint se fixer à Saint-Germain, in-
souciante des événemens passés, follement éprise
d'un avenir à la tête duquel Catherine de Médicis devait seule jeter son nom, bien que François II fût l'héritier de la couronne.

Le règne de François II ou plutôt de Catherine
de Médicis a laissé de trop grands souvenirs,
présens encore à la mémoire de nos lecteurs,
pour que nous entreprenions une digression
fastidieuse. Les actes de Coligny, sous ce règne,
ont laissé des traces trop profondes pour qu'il
soit besoin de les mentionner ici; nous nous con-
tenterons donc de rappeler que ce fut à Saint-
Germain que fut publié, le 15 août 1570, le fameux édit qui devait enfin mettre un terme à
cette longue boucherie religieuse, qui fit couler
tant de sang qu'elle en arrosa tout le sol de la
France. Cet édit qui proclamait le rétablissement
de l'ancienne religion dans tout le royaume, am-
nistiait généralement tous les réformés, autori-
sait l'exercice public du calvinisme dans deux villes de chaque province et dans toutes celles où
il se trouverait établi à la cessation des hostilités.
Les autres conditions principales furent : « la
liberté de conscience et permission d'avoir des

cimetières dans chaque ville, ordre de recevoir dans les écoles publiques et dans les hôpitaux les enfans, les pauvres et les malades, sans distinction de religion, révocation et annulation de toutes les sentences civiles et criminelles rendues pour causes de trouble. Enfin, il fut accordé aux réformés quatre places pour sûreté : la Rochelle, Montauban, Cognac et la Charité; et on reconnut que puisqu'ils contribuaient aux charges de l'État, ils devaient participer aux honneurs et aux dignités publiques. »

François II épousa Marie Stuart, jeune princesse dont la beauté, les vertus et l'aménité lui donnèrent une si grande popularité, en France, que Catherine de Médicis, cette femme qui semblait n'avoir de facultés que pour la haine, en fut jalouse. Les fêtes brillantes données à Saint-Germain à Marie décelèrent tellement l'amour du peuple pour elle, que Catherine s'aperçut que la balance un jour pouvait pencher de son côté. D'ailleurs François II était bon, juste, ami du bien; deux êtres ainsi façonnés étaient dignes du pouvoir, et à cet égard la farouche Catherine ne souffrait pas de rivalité. A moi le trône, disait-elle, le trône avec sa pourpre, son éclat, l'orgueil qui l'environne et les priviléges

4.

qu'il donne ; à moi le trône, avec un sceptre de fer, des chaînes pour piédestal et des bourreaux pour valets !.... Aussi François II, après un an de règne, mourut-il sans que le mystère effroyable qui couvre cette mort eût été pénétré, et sa veuve fut-elle obligée de fuir des persécutions déjà évidentes, pour aller chercher dans sa patrie une mort depuis long-temps, peut-être, préparée.

Charles IX, succédant à François II, subit aussi l'influence de Catherine de Médicis, et l'histoire le regrettera toujours, car ce prince était appelé à faire un grand roi. Contrarié dans ses vues, esclave en quelque sorte des volontés de sa mère, il ne put gouverner à sa guise, et plus d'une fois il déposa le sceptre royal pour saisir la plume du littérateur. — Amant passionné de la chasse, il en fit l'histoire qu'il traça dans sa bonne ville de Saint-Germain, tout près de cette forêt tant de fois témoin de ses exploits.

Au commencement de 1574, il y tomba malade. — La conspiration du duc d'Alençon, second frère du roi, homme faible, irrésolu et ambitieux, qui convoitait la couronne au détriment de Henri, troisième fils de Henri II occupant alors le trône de Pologne, jeta l'alarme

s la cour, et Catherine, qui voulait à toute
ce se donner de l'importance, profita de ce
jet avorté pour faire croire à des dangers,
n'existaient réellement pas, et pour emmener
rles à Vincennes, où il mourut le 30 mai de
même année.

Henri III s'empressa alors de quitter la Po-
ne et d'abandonner la couronne qu'il était
é y chercher, pour venir s'emparer de celle
e son frère venait de laisser vacante. Son
ne traversé par les persécutions des de Guise,
les guerres de la Ligue, se fit peu remarquer
aint-Germain. Le roi coureur ne pouvait guère
ir une résidence fixe, et l'on eut raison de
e que, dans ce règne, il y avait du cosmopo-
ne. Assassiné à Saint-Cloud par Jacques-
ément, Henri III mourut le 31 juillet 1589,
Le mois suivant, commença le règne de
nri IV, du roi bon, du roi poète et musi-
n, qu'inspira si bien Gabrielle d'Estrées si
gne de lui. Pour une âme comme celle de
nri, Saint-Germain devenait une nécessité;
ssi le voit-on y commencer tout d'abord
s fréquentes excursions, et dès 1594, y faire
usieurs actes importans qui ont fait de cette
née l'une des plus intéressantes de sa vie.

A savoir, entr'autres, son traité du 16 novembre, avec Charles III, duc de Lorraine, traité par lequel ce chef ennemi fit sa soumission et promit de se conduire fidèlement et loyalement envers le roi de France.

Ce ne fut guère que vers 1596 ou 1600 que Henri IV, voulant faire de Saint-Germain sa demeure la plus habituelle, s'ingéra d'y faire construire une maison tout-à-fait royale et plus en harmonie avec les splendeurs de la cour que l'espèce de château-fort élevé par ses prédécesseurs. Marchand, son architecte, fut chargé de lui présenter des plans, ce que celui-ci exécuta, proposant de placer le château du côté de la rivière et sur le penchant de la colline, pour que le monarque et sa nombreuse cour pussent jouir des admirables points de vue qui s'offraient de tous les côtés.

Le parc aussi reçut de notables améliorations. Grâce à l'invention tout à la fois ingénieuse et hardie de Claude de Maconnis, on put faire monter les eaux, et alors les jardins de Henri, s'étendant du château jusqu'à la Seine, ressemblèrent à ces descriptions fabuleuses dont l'imagination se repaît à la lecture toujours attrayante des mille et une nuits.

Au milieu des délicieux parterres qui s'éten-
daient sur la pente, en avant du château, on vit
une nymphe séduisante, qui, laissant aller ses
doigts à l'impulsion de l'eau, touchait des orgues
dont les sons harmoniques allaient réjouir au
loin les hôtes de la forêt; puis un Mercure, un
pied en l'air et l'autre planté sur un appui,
sonnait hautement de la trompette. D'un autre
côté un superbe Dragon battait des ailes et
vomissait de gros bouillons d'eau par la gueule;
puis autour de lui, mille petits oiseaux qu'on
eût accusé la nature d'avoir façonnés, faisaient
entendre les plus enivrans ramages. Vis-à-vis
les fenêtres intérieures du Château, s'éleva un
magnifique bassin enrichi d'animaux marins, les
uns en conque, les autres en écaille, d'autres en
peau, à demi enveloppés par le repli des vagues
et semblant menacer de l'œil ceux qui s'en approchaient; au milieu d'eux s'élevaient deux
Tritons, qui embouchaient leurs conques tor-
tillées, et se terminant en pointe, mouchetées
de taches de couleurs, souvent âpres et grume-
leuses.

Au son des conques, s'avançait un roi majes-
tueusement assis sur un char couronné de joncs
mêlés de larges et grandes feuilles marines; qui

moelleusement retombantes, venaient ombrager son front. Ce roi portait une barbe hérissée et de longs cheveux, d'où semblaient s'échapper plaintivement une infinité de petits ruisseaux. De la main droite il tenait un trident, de l'autre il guidait ses chevaux marins galoppant à bouche ouverte, et dont les pieds ressemblaient à des nageoires.

Ici, c'étaient des maréchaux revêtus de leurs habits de forgerons, la figure noire de crasse et de suie, battant du fer sur une enclume avec de lourds marteaux; là c'était une grotte s'élevant comme un roc aride, caverneux et calfeutré d'une mousse épaisse et délicate, où des animaux de toutes sortes, des oiseaux et des arbres s'approchaient d'Orphée touchant les cordes de sa lyre, pour entendre ses divins acords.

Au bout de cette grotte, dit une vieille chronique, était celle *des flambeaux*, ainsi nommée parce qu'elle n'était point éclairée par la lumière du jour. « A la lueur d'un grand nombre de torches enflammées, se découvrait un vaste théâtre, dont la décoration changeait à chaque instant. D'abord on apercevait, au lever d'un soleil pur et resplendissant, la mer calme, unie comme une glace, parsemée d'îles verdoyantes et fleuries, et peuplées de monstres marins qui se poursuivaient et jouaient sur leurs bords. Mais l'horizon se chargeait de nuages sombres et menaçans; la mer devenait houleuse et les vents faisaient entendre des sifflemens précurseurs de la tempête. Bientôt l'orage était dans toute sa force; les flots en fureur battaient les rivages; les éclairs embrasaient l'horizon d'un pôle à l'autre; la foudre faisait entendre ses longs mugissemens, pendant que des vaisseaux se brisaient sur des rochers, échouaient sur la plage, et que les matelots éperdus cherchaient à gagner à la nage la rive la plus prochaine. Cependant le ciel s'apaisait, la terre apparaissait, comme auparavant, riante et couverte de fleurs et de fruits. A côté de la maison seigneuriale et de son parc étendu, se découvraient l'humble chaumière et le jardinet du berger. Dans le lointain s'élevait le château de S.-Germain et ses magnifiques terrasses. On voyait le roi se promener au milieu de la foule empressée de ses courtisans, et le Dauphin, qui fut depuis Louis XIII, descendant du ciel sur un char lumineux, supporté par deux anges qui tenaient une couronne royale.

Ce dernier tableau se déroulait sous les yeux du spectateur aux sons d'une musique mélodieuse et suave ; mais bientôt tout s'évaonuissait. Cette campagne féconde et fleurie se changeait en un désert affreux, couvert d'animaux farouches et de reptiles monstrueux, qui disparaissaient devant une fée dont les accens rendaient à la terre sa beauté première. De là, le spectateur était plongé dans les enfers, assistait au jugement des damnés, voyait leurs supplices et entendait leurs rugissemens : transporté dans les cieux, il contemplait les joies du paradis, écoutait les chants harmonieux des chérubins et partageait le bonheur des anges. Enfin, ramené sur la terre, il cueillait les fleurs du printemps, se livrait aux travaux de l'été, récoltait les fruits de l'automne, et frissonnait courbé sur la neige et les frimas de l'hiver.

On ferait un volume entier sur les merveilles de Saint-Germain, tant à cette époque on avait mis de poésie dans leur exécution.

Ce fut à Saint-Germain que Henri IV dota le président Fauchet, auteur des *Antiquités françaises et gauloises*, d'une pension de six cents écus, et cette ville retentit encore de ce nom chéri du peuple, adoré des femmes, béni de tous, qui ne s'allia jamais à une mauvaise action, et que la postérité prononcera toujours avec orgueil.

Et cependant, le fer d'un assassin ne craignit pas de pénétrer dans le cœur si grand, si généreux, si royal de Henri. L'infâme Ravaillac dont le crime sera pour tous les siècles un objet de réprobation, vint jeter la France dans le deuil et la douleur : le 14 mai 1610 vit expirer le meilleur des rois, auquel succéda Louis XIII, né le 27 septembre 1610 à Fontainebleau.

# Troisième Partie.

# DEPUIS LOUIS XIII

JUSQU'A NOS JOURS.

Louis XIII, dépourvu d'une âme forte et énergique, usa les premières années de sa vie à combattre ses propres sujets, à négocier avec eux, à autoriser la rébellion en achetant ceux qui s'en rendaient coupables, avec de l'argent et des places. L'autre moitié de son existence fut une longue suite d'apathie et de faiblesse qui le déconsidéra beaucoup, et s'il donna parfois des preuves d'un courage irrécusable, dominé bientôt par l'ennui qui le poursuivait sans cesse, on le voyait abandonner le commandement de ses troupes et revenir dans le parc de Saint-Germain, s'amuser à prendre des oiseaux, tandis que ses armées forçaient des villes ou gagnaient des batailles.

Louis XIII préféra très-ostensiblement Saint-Germain à toutes ses demeures royales; Saint-Germain qui avait été témoin de ses premiers jeux, où la première éducation lui avait été donnée ; Saint-Germain où il avait vu son père si brillant, si aimé! Cependant ce n'est guère qu'après l'assassinat du maréchal d'Ancre, qui lui portait ombrage, qu'il vint y faire des séjours prolongés. En 1620, au mois d'avril, il confirma l'établissement des Récollets dans cette ville, où en 1624 le surintendant des finances, de La Vieuville, fut disgracié, victime innocente des intrigues de Bassompierre et de la jalousie de Richelieu qui, peu de temps avant, était entré dans le conseil. Dans cette circonstance, Bassompierre n'avait été, sans en avoir le moindre doute, que l'instrument du Cardinal sous les coups duquel il devait tomber à son tour. En effet, le 25 février 1631 on le conduisait à la Bastille, dont les verroux se fermèrent sur lui pour ne se rouvrir que douze ans après.

Le 5 septembre 1638, dans la matinée, la reine se promenait sur la galerie extérieure du château, lorsqu'elle se sentit prendre par les douleurs de l'enfantement. En toute hâte on voulut la conduire dans son appartement ; mais ces douleurs devinrent tout-à-coup si violentes que force fut à elle de s'arrêter dans le pavillon dit *de Henri IV*, à cette même grotte dont nous avons déjà parlé. Elle n'en devait pas sortir avant d'être mère ; car, après un travail de cinq heures, Louis XIV vit le jour dans ce pavillon déjà si renommé, et sur l'un des côtés duquel existe encore, en façon d'armes, le berceau du grand homme, réédifié sur l'un des frontons par M. Planté. Quelques écrivains prétendent que Louis XIII ressentit si peu d'émotion de cet événement, qu'il fallut presque le pousser sur le lit de la reine, pour qu'il se décidât à embrasser le dauphin ; d'autres disent, au contraire, que la joie qu'il en éprouva le délivra d'une fièvre intermittente qui depuis long-temps l'indisposait d'une manière assez inquiétante. Ce dernier avis nous semble le plus vrai.

Deux ans après, le 21 septembre 1640, la reine mettait au monde un second fils qui fut nommé Philippe, et qualifié duc d'Anjou.

5.

Louis XIII ressentit à Saint-Germain les premières atteintes de la maladie qui devait le tuer, et il s'empressa alors de régler les affaires du royaume et de formuler ses dernières volontés qui instituaient régente Anne d'Autriche sa femme, et lieutenant-général son frère Gaston. Quand il sentit que les progrès du mal lui laissaient peu d'espoir, il voulut faire administrer le baptême au dauphin qui, bien qu'âgé de quatre ans environ, ne l'avait point encore reçu. Aussitôt après la cérémonie, qui eut lieu dans la chapelle du vieux château, on lui amena le jeune prince, auquel il demanda le nom qu'il portait.«*Je m'appelle Louis XIV,* » répondit fermement l'héritier du moribond ; car dans le cerveau du monarchique enfant, l'orgueil existait déjà, et le despotisme proférait insolemment son idiôme devant un maître.

Louis XIII mourut le 14 mai 1643 , âgé de 42 ans 7 mois et 17 jours, après 33 années de règne.

Ce fut donc à Saint-Germain que le plus grand de tous les rois de la chronologie franque, naquit, vécut et fut élevé jusqu'à l'époque de sa successibilité au trône ; et nous avons vu que, comme Grégoire , Louis XIV avait brusqué son

avancement en se nommant roi devant son père
agonisant, qui n'osait démentir les paroles au-
dacieuses de son jeune successeur. Oh! nous ne
dirons pas que cet élan était coupable! La vaste
intelligence de Louis XIV embrassait d'avance les
sublimes épisodes de son règne... Eliacin était roi
avant d'avoir été sacré par le peuple..... C'était
à cette époque un Méroée qui devait régénérer
l'esprit politique et calmer les factions.

Il en fut autrement après la mort de Louis XIII,
et Anne d'Autriche fut deux fois obligée de quitter Paris pour lutter contre les conspirations de
la Fronde et les complaisances vénales du parle-
ment, que l'on vit bientôt venir implorer la régente, à genoux, pour obtenir la grâce des révolutionnaires. On dit que Louis XIV encore enfant
disait tout bas à sa mère de ne point pardonner
et d'obtenir justice de cette opposition instan-
tanée. Anne l'écouta, et ne consentit à revoir Paris
qu'après avoir obtenu une réparation solennelle.
Elle revint à Saint-Germain avec tous les honneurs de cette guerre parlementaire; on l'avait
élevée à l'apogée d'une gloire qui trahissait la loi
salique... et Louis XIV, si jeune, voyait des succès couronner déjà ses conseils.... et cette circonstance décida de sa vie.... nous le croyons.

Une victoire aussi prompte à son âge exalta
l'imagination d'une âme déjà disposée à com-
mander et à imposer le joug à ses sujets. L'enfant
roi ne rêvait plus que la puissance; et lorsque sa
voix devenue mâle put proférer les mots sacrés
du despotisme, en brisant les langes d'une régence fatigante, le jeune monarque brillant de
poésie, comme un soleil qui poursuit les fantômes de la nuit, apparut au milieu du parle-
ment ainsi qu'un maître au milieu de ses valets. Louis XIV s'émancipa lui-même, et l'on se
rappelle encore sa terrible sentence, son coup
de foudre qui devait effacer l'observation, paralyser la morale, étouffer la politique : « *Le
roi, c'est moi! la nation, c'est moi! l'état, c'est
moi !* »

Louis XIV, despote et omnipotent, était grand,
sublime et généreux!... son règne, entouré de
toutes les plus belles illustrations, appartenait
autant à l'émancipation de son génie qu'aux influences réelles de l'époque. Saint-Germain fut
le principal théâtre de sa vie royale, littéraire,
diplomatique, artistique et amoureuse surtout...
amoureuse, disons-nous, car tous les actes de sa
vie n'ont que l'instinct du sentiment amoureux.
— Louis XIV était un grand roi!

Sous Louis XIII et même sous Henri IV, Saint-Germain acquit de l'importance ; cependant ce n'était encore qu'une bourgade quand Louis XIV voulut en faire un séjour enchanté.

C'est de cette époque seulement que Saint-Germain put s'appeler ville ; on le vit s'agrandir, se peupler, devenir digne enfin du château qui l'illustrait déjà depuis long-temps. — Louis XIV voulut ajouter encore aux prodiges enfantés par Marchand ; et Lenôtre fut chargé de créer de nouvelles merveilles dans ce parc qui devait, après avoir étouffé sous ses milliers de dômes verdoyans tant de nobles soupirs, assister aux combats de La Vallière dont la vie commença sur les degrés du trône pour aller finir dans un couvent de carmélites.

Nous ne parlerons pas des nombreuses liaisons que contracta Louis XIV ; ses amours avec madame de Montespan et tant d'autres sont tellement connues qu'il est inutile de les rappeler ; d'ailleurs, en ce moment nous nous trouvons vis-à-vis le pavillon qu'habita Jacques II, ce monarque si malheureusement déchu, à qui Louis avait accordé une si généreuse hospitalité, qui périt si fatalement sur la terre qui l'avait accueilli ; et cette vue avec les souvenirs qu'elle reproduit,

nous jette à l'âme de déchirantes pensées... Oh !
c'est que le destin est bien injuste quelquefois !..
Il frappe, sans pitié ni merci, ceux qui souvent
méritent le plus d'être épargnés ; et c'est vraiment à confondre que les décrets qui partent
d'en-haut sans que ni le cœur, ni l'âme, ni la
tête puissent analyser les secrets motifs qui les
ont dictés !

Nous ne terminerons cependant pas sans rendre hommage à Lenôtre de la magnifique terrasse
qu'il construisit en 1676. Aujourd'hui encore
objet d'admiration, point de rendez-vous pour
les indigènes comme pour les étrangers qui visi-
tent Saint-Germain, c'est quelque chose de curieux et d'imposant tout à la fois. Longue de
douze cents toises environ, et large de quinze,
elle s'étend depuis le Château jusqu'à une des
portes de la forêt, qu'elle longe dans toute son
étendue. Une ligne de beaux arbres, derrière laquelle se trouve une épaisse charmille, procure
du côté du mur de clôture un bienfaisant ombrage au promeneur qu'y attire la beauté du
site qui se déroule du côté opposé. C'est de là
que l'œil plonge dans une immensité de plaines
aux couleurs chatoyantes, ou se repose sur d'in-
nombrables coteaux dont les accidens de plan-

tations offrent un spectacle tellement varié qu'il semble constamment nouveau.

Pourquoi faut-il que, devenu vieux, Louis XIV ait renoncé à tout cela pour aller engouffrer sa gloire et les deniers de l'état, sur le monotone plateau de Versailles?.... Nous l'avons dit : c'est que de ce magnifique amphithéâtre le grand roi apercevait les flèches qui dominent l'église et les caveaux de S.-Denis, et que cela lui rappelait qu'il devait un jour rendre à la terre sa dépouille d'homme. On s'étonne vraiment que tant de faiblesse se soit trouvée unie à tant de grandeur d'âme, qu'un cœur si fortement trempé ait pu frémir à l'idée du néant !

Saint-Germain doit beaucoup à Louis XIV. Outre les dotations qu'il fit pour servir à la reconstruction de son église, il lui doit l'agrandissement de sa belle forêt. C'est lui qui adjoignit trois cent quatre-vingt-onze arpens vingt perches de taillis, qui appartenaient aux dames de l'abbaye de Poissy et au prieuré d'Hennemont; un terrain couvert de landes, un village nommé Frémainville, et enfin, en 1712, la seigneurie de *Garennes*, composée à peu près de 400 arpens. C'est encore lui qui la fit percer de larges routes et de chemins de traverses, pour faciliter les chasses - routes et chemins qui, aujourd'hui, font de cette forêt un moyen de communication avec tous les environs.

Comme gloire, comme art, comme littérature, le règne de Louis XIV est le plus brillant; malheureusement il existe une ombre au tableau, et la révocation de l'édit de Nantes prononcée à Saint - Germain même, est une tache que ne pourront effacer les siècles à venir.

Depuis François I<sup>er</sup> la cour était d'une galanterie un peu équivoque peut-être, mais il était donné à la régence de passer les bornes, et à Louis XV d'achever l'œuvre du scandale et de l'immoralité. On ne s'étonnera pas de l'abandon dans lequel ce prince laissa Saint-Germain: son *Parc-aux-Cerfs* était à Versailles, et il y passait dans les joies les plus honteuses tous les instants qu'il pouvait ravir aux affaires.

Quant à Louis XVI, il vint chasser quelquefois dans la belle forêt dont nous avons parlé; mais, comme son prédécesseur, il fixa irrévocablement sa cour à Versailles. — Rien de remarquable ne se passa donc à Saint-Germain jusqu'aux premières années de cette révolution à laquelle la France dut en partie son émancipation, mais que tant d'excès ont flétrie.

Hélas! nous avons vu Saint-Germain brillant, levant haut la tête, fier qu'il était de ses hôtes royaux; nous allons le voir maintenant déchiré par les factions, déshérité de ses merveilles, en butte à ces secousses révolutionaires qui brisent, et ne vivent que de destruction.

La première émeute, prélude du grand choc qui allait heurter toute l'Europe, eut lieu à Saint-Germain, le 1er mai 1775. — Les marchands refusaient de livrer leurs denrées, et un grand nombre de villageois et de mutins, à la tête desquels se trouvait un nommé *Sonète*, débardeur de bois, enfoncèrent les portes des boutiques, pénétrèrent dans les magasins, s'emparèrent de tout ce qui s'y trouvait en blés, seigles, orges et avoines, se donnant à chacun une part du butin, qu'ils emportèrent à l'aide de voitures. La ville était alors sans garnison et dut voir, tranquille spectatrice, ce désordre qu'elle n'était pas en mesure de réprimer. Ce qu'il est difficile de croire et qui cependant est positif, c'est que l'inerte gouvernement d'alors se contenta d'envoyer à Saint-Germain cinquante sous-officiers invalides, croyant ainsi développer une force assez imposante pour comprimer le mutinisme des malveillans. Au reste, ce qui prouve la bonne adminis-

6

tration qui régissait la ville de Saint-Germain, c'est que ces cinquante invalides y demeurèrent jusqu'en 1789, époque seulement où la populace les désarma.

Ce fut une année fatale que celle-là, où la disette se fit sentir partout, et principalement à Paris et dans ses environs. D'infâmes spéculateurs furent désignés comme entassant chez eux les denrées, en dépit de la misère publique, et alors la colère du peuple n'eut plus de frein : semblable au loup que la faim force à sortir du bois, il écuma de rage et se jeta furieux et révolté sur ceux que la vindicte publique accusait tout haut. Bientôt le tocsin jeta l'alarme, et dès les 16, 17, 18 et 19 juillet le trouble était porté à son comble. Un meûnier de Poissy nommé *Sauvage* fut amené et pendu à Saint-Germain, on transperça son corps de coups d'épée et de baïonnette, puis on l'acheva à coups de fusil, et sa tête détachée de son tronc fut à l'instant promenée au bout d'une pique dans toute la ville.

Le 2 novembre, le même sort échéait au cocher du maréchal de Noailles, qui dans un moment d'ivresse avait blessé quelques soldats de la garde bourgeoise de Paris.

Depuis ce moment le malaise fut incessant,

les éternelles hésitations de Louis XVI portèrent
la fureur du peuple à son paroxisme, et enfin le
26 juillet 1792, on promulguait à Saint-Germain
le décret qui déclarait la patrie en danger.

Nous devons le dire cependant, en l'honneur
de Saint-Germain, ce fut là que les moindres excès furent commis, ou du moins que le nombre
en est le plus restreint. Il est vrai qu'après l'é-
vénement du 21 janvier 1793, le culte y fut ou-
tragé, que le parc vit disparaître ses merveilleux
embellissemens pour faire place à des autels li-
berticides, et que cette ville elle-même fut dé-
baptisée, pour son nom être remplacé par celui
de *Montagne du bon Air;* mais tout ce boule-
versement était la conséquence d'une révolution
qui devait secouer la tyrannique poussière qui
recouvrait les peuples, et l'on doit rendre justice
à ceux qui suivirent le progrès, sans se jeter
tout entiers dans les sanglantes anomalies qui
accompagnèrent l'œuvre régénératrice.

Jeté à la tête du monde par la liberté, à laquelle il devait bientôt porter le coup de la mort,
Napoléon vint enfin donner des lois à la France,
et tout rentra dans l'ordre : occupé de ses glo-
rieuses victoires, décidé à donner à la France la
splendeur qui lui était due, législateur quand

il n'était pas soldat, notre nouveau César fit peu pour Saint-Germain. Il se contenta d'y chasser quelquefois. Son avènement au trône fut assez bien accueilli par les habitans de cette ville, qui, en cela, paraissent avoir pris pour maxime : *De deux maux il faut choisir le moindre ;* mais lorsqu'après nos désastres de 1813 et 1814, l'étranger foula le sol de notre belle patrie, pour nous imposer de nouveau une *dynastie usée*, selon l'expression du grand homme, ils sentirent se réveiller en eux leurs sentimens d'amour pour la vieille branche des Clovis, et leur joie perça bruyante et chaleureuse.

Les cent-jours passèrent inaperçus pour Saint-Germain, et peut-être cet événement y serait-il encore ignoré, sans une seconde invasion des colonnes prussiennes, et si le général Blucher n'eût été repoussé jusque là en 1815.

Louis XVIII et Charles X visitèrent, à des intervalles assez rapprochés, le château de leurs ancètres ; mais ils ne tentèrent jamais de lui rendre son antique splendeur. Le dernier surtout y donna des chasses, plaisir dont il raffolait dans les courts momens qu'il ne donnait pas au jésuitisme. Tout ce que lui doit Saint-Germain, c'est la restauration de la chapelle intérieure du château, *Domus Dei, et porta cœli.*

La révolution de 1830 ne reçut point à Saint-Germain tout l'accueil dont elle fut l'objet dans toute la France. La vieille monarchie avait trop caressé l'orgueil et l'ambition de ses *bons* et *loyaux* habitans. Pourtant aucun de ces champions du droit divin ne s'émigra pour aller à Rambouillet soutenir les derniers efforts de la dynastie expirante. Il existe en France des pays où la prudence, d'ailleurs, est une vertu qui tient lieu de tout civisme, et Saint-Germain se trouve placé au premier rang.

A l'avènement de Louis-Philippe au trône, il y eut d'abord à Saint-Germain un mouvement de satisfaction qui n'était pas du tout désintéressé. On espéra que le roi-citoyen, dont la famille était si nombreuse, en ferait une habitation royale pour l'un de ses fils. Cette prévision, du reste, paraissait dans l'ordre des choses possibles, nous disons même probables ; on conçoit qu'alors cette ville qui, grace au chemin de fer tient en quelque sorte à Paris, aurait une activité, un mouvement qui donnerait de l'extension au commerce, et de l'émulation à l'industrie en ouvrant une vaste carrière aux arts appelés à

6.

la restauration d'un palais situé dans la plus belle position de l'univers.

Il n'en a point été ainsi. Le vieux château est demeuré veuf de toute illustration. Ses vieux murs grisâtres semblent porter le deuil des nobles hôtes qui l'habitèrent autrefois. Plus de cris joyeux dans cette enceinte, où croît l'herbe et la ronce, et qui n'est troublée désormais que par les lamentations des prisonniers qui l'habitent, par les sifflemens du vent qui s'engouffre dans ses immenses corridors, ou par les gémissemens de l'oiseau des nuits. Plus de surprises, plus de fêtes improvisées, plus de tournois chevaleresques, où l'amour et la courtoisie se disputaient les honneurs de la victoire ! Le vieux château élève son front soucieux et ridé comme pour accuser les temps de variabilité et d'inconstance. Les heures se traînent lentement comme ces ombres qui semblent le soir surgir mystérieusement autour de ce vaste tombeau ; on dirait que la cloche qui les murmure, veut éternellement perpétuer son glas funèbre ; elle, qui ne tintait jadis que pour faire tressaillir d'impatience et de joie ; elle, dont le son vint émouvoir tant de cœurs, elle, qui donna tant de fois le signal du plaisir et des luxueuses récréations !

Aujourd'hui, le palais de Louis XIV est une prison où le désespoir fait entendre ses imprécations.... ses vastes jardins sont devenus des cirques où s'élèvent des tréteaux, des fourragères où se bâtissent des auberges, des tanières et des hangards.... Quel changement ! quel triste sujet de méditation et de douleur pour le philosophe qui vient contempler l'histoire de tant d'infortunes !..... Sparte et Athènes ont vieilli, les siècles les ont émiettées comme les antiques murs de Venise ; le sol a recouvert leurs portiques renversés, l'herbe a crû sur le berceau des Périclès et des Léonidas... Ainsi le lierre étend déjà ses mille artères sur les crevasses du château des Henri !

Tant d'orgueil et tant de misères à la fois !...

Hélas !

# Quatrième Partie.

# LA VILLE DE Sᵀ-GERMAIN

## ET

## SES MONUMENS PUBLICS.

La ville de Saint-Germain-en-Laye est située sous les 19° 45′ 32″ de longitude est du méridien de l'île de Fer (14′ 28″ de longitude ouest du méridien de l'observatoire de Paris), et sous les 48° 53′ 52″ de latitude nord. Elle est à deux lieues et demie de Versailles, à quatre lieues de Paris. Son centre couronne une éminence élevée de 63 mètres au-dessus du niveau de la Seine, et de 86 mètres au-dessus de celui de l'Océan. Ses faubourgs se confondent avec les habitations des

communes voisines. Saint-Germain est borné au
nord par la forêt, à l'est par la grande Terrasse
et par les prairies qui bordent la Seine, au sud
par la vallée que nous avons décrite en venant
de Paris, au sud-ouest par des jardins, des vi-
gnes, la vieille route de Mantes et le faubourg
de Saint-Léger. Le plateau qui porte la ville et
la forêt de Saint-Germain n'est séparé du fleuve
que par une plaine basse et étroite. — Quoique
le sol ne soit pas de première qualité, la persévérance des cultivateurs y obtient des résultats
satisfaisans. Les arbres y viennent vigoureux,
les légumes nourrissans, le vin passable, et la
forêt qui couronne tous ces jardins offre aux bo-
tanistes et à la science pharmaceutique des plan-
tes précieuses des espèces les plus rares et les
plus recherchées. L'air, qui s'y renouvelle rapi-
dement, y est très-pur ; il est balsamique dans la
forêt ; dans les bas-fonds il est tout-à-fait bienfaisant. Saint-Germain est demeuré à l'abri des fu-
reurs de toutes les maladies épidémiques, et no-
tamment des ravages que le *choléra* fit en France
en 1832.

Il ne faut point chercher dans Saint-Germain
des débris qui attestent l'ancienne origine de cette
ville ; les rues sont neuves et assez bien alignées

dans une certaine partie. Les maisons sont bâties avec simplicité, quelques-unes avec goût, mais généralement sans dépense d'ornemens d'architecture; du reste, à l'exception du Château, de la Terrasse et de la forêt, Saint-Germain ne possède rien de remarquable. Son église paroissiale, qui a coûté de grands frais de construction, est un édifice fort ordinaire; elle est visitée chaque jour par les Anglais; c'est là que sont déposés les restes de Jacques II. Le cénotaphe élevé à la mémoire du roi proscrit, est aussi modeste que le fut pendant sa vie celui dont il relève encore les infortunes. La chapelle de Saint-Thomas de Villeneuve est jolie, mais ne peut mériter d'être l'objet d'une attention particulière. Le manége couvert, bâti sous Louis XVIII, à l'angle nord-est du sommet de la grande côte du Pecq, est un gymnase qui mérite une certaine attention. Les écuries de la Reine, ainsi appelées autrefois, ont une décoration extérieure dont l'originalité attire les curieux; elles sont situées rue de Paris. Près d'elles, le voyageur s'arrête devant une grille pour admirer le vaste abreuvoir construit sous Louis XIV. A quelques pas de là, s'élève l'hôtel des gardes du corps de la compagnie de Luxembourg, construit en 1824, par le génie militaire de la maison de Charles X ; plus loin, on distingue l'hôtel et les jardins de la compagnie de Grammont.

Quand le crédit du révérend père Letellier à la cour eut donné aux jésuites l'émancipation que leur orgueil ambitionnait, on éleva dans toute la France des couvens et des églises, et l'on recruta partout des disciples de l'un et l'autre sexe pour étendre l'empire des nouveaux seigneurs.

A Saint-Germain, plusieurs congrégations se formèrent sous l'influence de madame de Montespan et les pieuses momeries de la cour de Louis XIV ; madame de Maintenon les protégea de tout son pouvoir. Ces retraites religieuses étaient aux yeux des grands des expiations qui leur semblaient réconcilier le ciel avec la cour. Le peuple priait pour de l'argent, et les victimes cloîtrées se présentaient à l'autel, comme des holocaustes offerts par l'aristocratie aux fins d'obtenir par procuration l'absolution de tous les péchés. — Ainsi furent fondés les cloîtres des dames de Saint-Thomas de Villeneuve et des religieuses de la Nativité de Notre-Dame, les Ursulines, les Visitandines et d'autres ordres que les premières secousses révolutionnaires détruisirent

par les exigences qu'imposait la Convention à
tout ce qui voulait rester étranger à la réforme.
Cependant il nous faut remarquer quelques établissemens qui furent consacrés à la bienfaisance
et à l'humanité : de ce nombre étaient l'hôpital
de la Charité, dont la fondation est attribuée à
saint Louis et qui fut agrandi en 1649; l'hospice des Vieillards, que madame de Montespan
fit édifier; l'hospice Royal, dont l'entrée principale est rue de Poissy, et les Sœurs de la Charité,
dont l'installation fut faite, en 1645, par saint
Vincent de Paule lui-même. Parmi les institutions que la philanthropie éleva au milieu des
prodigalités et de la somptuosité des grands, on
en distingue une dont la fondation plus récente
nous parle d'une époque que beaucoup de gens
condamnent, sans calculer les résultats de son
passage, sans compter pour rien les immenses
travaux qu'elle entreprit en faveur de l'humanité : c'est le bureau de Bienfaisance que nous
citons ici; établi le 7 frimaire an V, ce bureau,
dont le revenu s'élève à la somme modeste de
15 à 20,000 francs, donne des secours à près
de 400 familles indigentes. Il distribue des ha-
billemens, des alimens, du bois de chauffage,
des médicamens et des sommes mensuelles aux

7

pauvres ; acquitte les mois de nourrice, les frais d'apprentissage, donne des layettes. (Deux sœurs de la Charité sont chargées de donner à domicile des soins aux malades.)

L'instruction publique est à Saint-Germain l'objet de l'attention et des sollicitudes du maire et des administrateurs. Autrefois cette ville offrait de grandes ressources aux élèves. Il est sorti de ses écoles plusieurs personnages historiques, qui ont honoré la carrière des lettres et celle des armes. Quand on se rappelle d'ailleurs que sous le règne de Louis XIV, Saint-Germain était un lieu de rendez-vous pour tous les personnages illustres ; quand on songe que les *Despréaux*, *les Lafontaine*, *les Racine*, *les Molière* ont tour-à-tour environné de leurs hommages poétiques le trône placé sur le rocher, on peut se persuader que l'émulation des élèves des écoles devait se ressentir du contact de tant d'illustrations et de tant de vanités. L'instruction publique s'est ressenti du passage des Mac Dhermott, des Mestro, et malheureusement elle a encouru la chance de la successibilité jusqu'à nos jours. Grâces aux soins et aux sollicitudes du célèbre Cuvier, les institutions consacrées à l'instruction n'ont pas subi la décadence qui semblait attachée à leur avenir. Depuis que la voix de ce philanthrope a plaidé la cause de l'instruction publique à Saint-Germain, on y distingue des pensionnats qui rivalisent d'activité et de soins avec les premiers de la capitale.

Pendant le règne des Bourbons de la branche aînée, en 1825, on institua, rue de Noailles, *les Frères de la Croix,* dont la mission scolastique était de former des maîtres d'écoles. Cette école normale n'a pu se soutenir.

*Les Frères de la Doctrine chrétienne,* dont la reine d'Angleterre, l'épouse de Jacques II, fonda l'institution, après quelques dissidences qui les mettaient en opposition avec les vœux du corps municipal en 1791, se rétablirent en 1806 sous l'Empire; ils obtiennent aujourd'hui quelques succès à Saint-Germain. Ces frères jouissent avec raison, dans l'humilité et la modestie religieuse, d'une considération et d'une estime qui justifie l'utilité de leur enseignement. Le pauvre peuple a besoin d'instruction, les frères de la Doctrine chrétienne accordent aux indigens ce privilége.

Il existe à Saint-Germain plusieurs pensionnats de demoiselles. Aujourd'hui que la capitale peut avoir dans moins d'une demi-heure des communications avec Saint-Germain, nous con-

cevons que ces maisons qui doivent remplacer de
nos jours les cloîtres destinés autrefois aux nobles
éducations, subissent ici toutes les conséquences
de l'isolement, du silence et de la sécurité topogra-
phique. La célèbre institutrice madame Campan
choisit Saint-Germain pour y établir sa chaire pro-
fessorale. On sait que les professeurs recomman-
dables qui la secondèrent dans l'honorable tâche
qu'elle s'était imposée ont donné à Saint-Germain
un privilége de plus dans cette partie de l'éducation, qui semble aussi simple qu'elle est difficile.

L'éducation des femmes est, ainsi que l'a dit
Rousseau, le principe de la stabilité du bonheur
domestique, et le premier contrat qui assure la
légitimité du lien social. Les reines de France
autorisèrent les monastères pour l'éducation des
femmes; nos progrès ont voulu les émanciper en
accordant à la femme libre le soin de les instruire
désormais. Napoléon, trop occupé de ses vastes
combinaisons stratégiques, laissa à Joséphine la
page illustre de l'instruction parmi son sexe. Saint-
Germain fut heureusement placé au premier
rang, quand on s'occupa à cette époque d'institution scolastique. Avant 1808, le projet de
la maison royale des orphelines de la Légion-
d'Honneur, *aux Loges*, avait été sanctionné par

deux approbations impériales ; en 1811, le gouvernement acheta les bâtimens et dépendances de l'ancien couvent pour y élever gratuitement, ainsi qu'à Saint-Denis, les jeunes orphelines, filles des légionnaires. Le chancelier de la Légion-d'Honneur est encore à la tête de l'administration. C'est dans cet asile que tant de jeunes voix s'unissent par des vœux aux efforts de *l'honorable colonel Salel*, qui réclame avec persévérance l'arriéré de la dotation d'une croix que l'Empereur avait plantée sur le grand calvaire du patriotisme et du dévoûment, et qui devrait rester en apanage aux héritiers des martyrs des épisodes de notre gloire !

Les pensionnats de demoiselles, à Saint-Germain, se distinguent de ceux de la capitale. Il est à croire que l'histoire et les mœurs exercent de singulières influences sur les institutions morales. On ne se rappelle plus ici la chronique qui a précédé la pieuse madame de Maintenon; on lit les discours de Bossuet, on rejette Fénélon, on s'entretient avec Fléchier, on compulse dédaigneusement Massillon, et la cour de quelques pensionnats est toujours sous l'influence du père Letellier. C'est indifférent, me direz-vous, pour l'état, pour les institutrices, pour les pa-

7.

rens, pour la pudeur, pour nous ; mais est-ce bien pour l'avenir des jeunes personnes ? La tolérance est la religion du jour. Nos jeunes femmes ne sont pas appelées comme autrefois, à subir les caprices d'une ambition domestique pour doter un aîné de tout l'héritage. Les idées mystiques se sont effacées devant la suave raison qui a converti l'esprit du monopole. Les pensions de demoiselles né devraient plus être *des tombeaux vivans*.

*L'institution des Dames-Hospitalières*, fondée en 1660 par le père Ange-le-Proust, s'établit en 1726 à Saint-Germain. Leur but, dans cette ville, fut de pourvoir à l'éducation des demoiselles anglaises et irlandaises dont les parens avaient émigré pour soutenir la cause de Jacques II. Madame de Tuscher, tante de l'impératrice Joséphine, fit partie de cette communauté. On l'accusa dans la révolution d'appartenir à l'aristocratie et de soutenir les priviléges. En présence de cette accusation, elle répondit avec fermeté qu'elle avait fait le sacrifice de sa noblesse, pour déposer ses titres aux pieds des pauvres. Chez les Dames-Hospitalières, la chapelle construite par M. Peyre est un monument qui mérite d'être visité. Son entrée est dans la rue d'Angoulême.

Les religieuses de la Congrégation de la Nati-

vité autorisée en 1826 tiennent un pensionnat
où des élèves gratuites sont reçues. La chapelle
de ce couvent est jolie et bien ornée : l'office s'y
fait avec solennité; on y voit souvent des prélats
pontifier.

*L'école des Sœurs de Charité* est remarquable
à Saint-Germain. *Le peuple dont la voix, est,* dit-
on, *la voix de Dieu,* le peuple bénit cette institution. Le paupérisme et la misère y puisent des
secours; les petits malheureux y trouvent une
école bienfaisante. Ces filles du Seigneur dévouées
à la charité échangent, sans le savoir, des secours
et des prières contre des bénédictions! Leur
existence simple, modeste et cachée est pourtant
l'objet d'une célébrité qu'elles ignorent; là, où
les magnifiques souvenirs de quatre races de
rois s'émiettent à chaque heure, tous les jours se
perpétuent les épisodes chrétiens des sœurs de
la Charité.

Si l'instruction, depuis Louis XIV, a fait peu de
progrès à Saint-Germain, il ne faut pas s'en éton-
ner. Le voisinage de Paris a privé cette ville de
tous les hommes qui pouvaient contribuer à sa
prospérité. Aujourd'hui que les chemins de fer
en ont fait un faubourg de Paris, il doit en être
autrement : disons plus, avouons que si le che-

min projeté dans la vallée de la Seine, d'après
l'ingénieux plan présenté par M. Riant, obte-
nait la juste solution que réclament les intérêts
du voisinage de la Seine, Saint-Germain devien-
drait peut-être un jour le sanctuaire des arts, de
la science, de la littérature et des progrès. Où
pourrait-on mieux fixer les deux écoles de Méde-
cine et de Droit qu'on a reléguées dans un faubourg turbulent, mal bâti et plus éloigné du centre de Paris que Saint-Germain ne l'est aujourd'hui
par ses voies de communication actuelles ? L'é-
tude réclame le silence, la faculté de penser, le
besoin de la méditation. Où pourrait-on mieux
choisir un lieu propre à donner à l'intelligence
de la jeunesse un vaste développement ? Ici
tout parle à l'âme, la nature, l'histoire, la re-
traite, l'éloignement..... Pressé de satisfaire les
exigences de ces écoles, le gouvernement fonde-
rait à Saint-Germain une bibliothèque publique,
et, à l'aide de ce puissant moyen d'instruction, la
ville sortirait bientôt de son état de torpeur et de
son fâcheux engourdissement. En 93, on avait
songé à doter Saint-Germain d'une collection de
livres provenant de la bibliothèque des émigrés :
50 mille volumes furent réunis dans le couvent
des Récollets ; mais la ville de Versailles, qui,

parce qu'elle est suzeraine depuis Louis XIV, s'est crue toujours un droit d'exigence sur sa vassale déchue, réclama pour sa bibliothèque les livres légués à Saint-Germain. En 1801, le maire livra complaisamment toutes ces reliques, sans songer qu'il arrachait à la commune un héritage dont il ne pouvait disposer. Saint-Germain est sans bibliothèque et n'affiche que son vieux château et ses forêts pour parler aux voyageurs de ses traditions. C'est une momie égyptienne qui n'offre sur ses bandelettes que des hiéroglyphes indéchiffrables; c'est un tombeau où l'on fouille avec curiosité pour ne recueillir que des cendres. Demandez la bibliothèque aux habitans, ils vous indiquent le cabinet de lecture de la rue au Pain; informez-vous des épisodes de leur histoire, ils vous montrent le château et vous parlent hasardeusement de Louis XIV, de Jacques II et de madame de la Vallière. Voilà trois fragmens sur tant de mille souvenirs !........

La fondation d'une bibliothèque serait à Saint-Germain le prélude d'une société académique. Quel horizon littéraire plus vaste pour cette corporation ! combien d'étrangers se disputeraient les honneurs de s'y faire agréger ! L'industrie et le commerce s'en ressentiraient, et nous savons quelle efficacité produirait une institution si bienfaisante. Saint-Germain n'est ni industriel, ni commerçant. Il y existe un petit commerce de grains, de farines, de fruits, de vins, de porcs, de laines et de bois, mais si peu, si peu, que la ville pourrait à peine se suffire elle-même si elle n'était secourue par les approvisionnemens du voisinage.

Depuis 1826, il y a eu des projets d'embellissemens; quelques-uns ont été exécutés dans l'alignement, les autres sont encore enfouis dans les archives de la municipalité, d'où les sollicitudes du nouveau maire peuvent faire espérer aux habitans de les voir bientôt retirer pour les mettre à exécution. La population, qui s'accroît chaque jour, réclame ces projets; aujourd'hui elle est portée à 12,000 âmes. Viennent les écoles que l'on appelle à Saint-Germain, et cette ville se trouvera dans un état de prospérité qui rivalisera avec la prospérité de la Capitale elle-même.

Les établissemens d'utilité publique sont en petit nombre à Saint-Germain. Le Théâtre qui a été bâti l'année dernière, en face du côté méridional du château, par les soins de M. Guyot, a avantageusement remplacé celui que Bailly

avait fait construire en 1809, rue de Pontoise.
Cette salle est assez bien distribuée; elle manque encore d'une troupe organisée de manière
à seconder les louables et constans efforts du
directeur.

Il existe dans la rue d'Angoulême des bains
qui se distinguent, par le service, la propreté
et l'activité, de tous les autres établissemens de
ce genre.

Les hôtels publics se ressentent particulièrement de la fréquentation quotidienne de nos
voisins de la Grande-Bretagne. La magnificence
des riches pélerins de l'Angleterre a donné aux
denrées qui s'y consomment une hausse exor-
bitante. Les accidens pleuvent inopinément sur
la carte alors qu'on ignore les prix [1]. Du reste,
il nous faut rendre justice à l'aménité et à la
franche cordialité de quelques habitans; à Saint-

[1] Pourtant l'établissement que M. Masson a élevé dans
le local consacré à l'exploitation du chemin de fer, à
Saint-Germain, mérite d'être remarqué par les étrangers, et les voitures. Ce café-restaurant est un point de
rendez-vous qui ne saurait érte remplacé ailleurs. De
là on aperçoit dhaque voyageur descendre des wagons;
c'est un observatoire pour l'inquiétude, l'incertitude et
la curiosité.

Germain, où la tradition populaire a souvent des secrets particuliers, nous avons été obligés de recourir au souvenir du peuple; le peuple a son livre écrit dans sa pensée, et ces chroniques valent bien celles de quelques menteurs qui à défaut d'indications historiques jettent impudemment l'anachronisme et la fable dans un livre pour remplir des feuillets. Il existe à Saint-Germain une société anonyme de *Cicerone* qui se fait, non pas un devoir, mais un vrai plaisir de guider les curieux dans leurs recherches; M. Joseph est de ce nombre. Cet honnête Alsacien, qui a mieux étudié l'histoire de Saint-Germain que celle de son pays, nous a aidés dans nos investigations avec un zèle qui mérite ici une expression reconnaissante.

Si l'influence atmosphérique peut expliquer l'organisation de quelques cerveaux que nous avons pu étudier à l'aise, nous pouvons affirmer qu'il n'existe point de pays où l'on puisse rencontrer tant de jovialité, tant d'abandon, tant de franchise là où Mercier (dernièrement reproduit dans un journal mort-né), avait fait surgir des fantômes qui n'ont jamais existé que dans son imagination inquiète et fâcheuse. Au lieu de son tableau si noir de *rentiers-machines*, nous n'avons abordé que des hommes d'une conversation agréable et d'un commerce franc et ouvert. Le peuple lui-même se ressent de ces mœurs douces que l'habitation du meilleur des rois avait rendues si familières. Le peuple a conservé d'âge en âge l'habitude de la gaîté et de la franchise, depuis que la franchise et la gaîté s'étaient assises sur le trône avec Henri IV. C'est surtout parmi les mariniers et les pêcheurs que ces joyeusetés sont héréditaires.

*Envoyez-vous à Saint-Germain,* demandez le gaillard Petétin, dit Beau-Soleil, cet autre *bon drille* qui a le triple talent d'être pêcheur, buveur et chansonnier, et *vous voirez* comme Beau-Soleil fait des siennes, chez son suzerain le pêcheur Huette.

L'exemple des vertus d'un bon roi est un patrimoine que le peuple se partage en bénissant sa mémoire.

8

# HISTOIRE

## DES

# CHEMINS DE FER.

# HISTOIRE

## DES

# CHEMINS DE FER

## EN EUROPE ET EN AMÉRIQUE.

———◆———

Ce n'est que vers la fin du xviii$^e$ siècle que
l'on a commencé à étudier avec une attention sé-
rieuse les lois de la vitesse et de la résistance
pour en appliquer les résultats aux moyens de
transport; sans doute avant cette époque on avait
creusé des canaux, dallé des routes, comblé des
vallons et aplani des montagnes; mais les entrepreneurs de ces grands travaux obéissaient plutôt
à un vague sentiment de gloire et d'ambition
qu'à une théorie rigoureusement arrêtée. C'était
moins pour favoriser les intérêts particuliers,

8.

que pour consolider leurs conquêtes ou en préparer des nouvelles, que Rome et Carthage sillonnaient leur empire de ces magnifiques voies, dont la construction solide et monumentale étonne encore nos regards.

On comptait en Sicile plus de six cents lieues pavées par les Romains, près de cent dans la Sardaigne, soixante-treize en Corse, onze cents dans les îles Britanniques, un nombre beaucoup plus considérable en Italie, dans la Gaule et en Espagne, quatre mille deux cent cinquante dans l'Asie, quatre mille six cent soixante-quatorze en Afrique, etc., etc.; de savans géographes ont calculé que le parcours réuni de toutes les grandes voies romaines pouvait avoir quarante mille lieues; mais aucune d'elles ne se rattachait à un système de communication suivi; la plupart longeaient le littoral des différentes mers, pour soutenir les opérations de la flotte dont les galères étaient chaque soir tirées à terre : c'était, en un mot, des routes stratégiques sur lesquelles les légions romaines s'avançaient pour conquérir le monde. Le système de viabilité des peuples modernes n'a aucun point de ressemblance avec ceux qui l'ont précédé; créé dans un but tout pacifique, il ne tend qu'à rendre plus faciles les relations commerciales, à rapprocher les divers foyers de productions, à accroître les débouchés de l'industrie; les perfectionnemens apportés à la navigation intérieure et extérieure ont déterminé une grande partie de cette révolution; c'est aux chemins de fer à accomplir le reste.

La première application de ce système de communication perfectionné date du xvii<sup>e</sup> siècle. En 1649, un M. Beaumont vint à Newcastle-upon-Tyne, où il fit une série d'expériences sur l'exploitation des houillères et sur le transport de leur produit dans des voitures d'une construction nouvelle; quoiqu'on ne sache pas précisément en quoi consistait son invention, M. Ward le regarde comme le premier inventeur des *railways*; et, comme tous les inventeurs, il se ruina. Néanmoins, il est certain qu'en 1676 des routes de ce genre existaient; car dans la vie du lord garde-des-sceaux North, on trouve le passage suivant :

« La manière de faire le transport consiste à
» poser les rails de bois, depuis la houillère
» jusqu'à la rivière, parfaitement droits et pa-
» rallèles entr'eux. On fait ensuite de gros cha-
» riots avec quatre rouleaux qui s'adaptent à
» ces rails, ce qui rend le transport si facile,

» qu'un seul cheval est en état de tirer quatre
» à cinq chaldrons (8 à 10 mille livres) de
» charbon, immense avantage pour les mar-
» chands. »

L'observation était très-juste : en effet, sur un
pavé neuf et bien exécuté, la résistance est quatre
fois plus considérable que sur un chemin en fer ;
sur une route en cailloux cette résistance est huit
fois plus forte, et sur une route en gravier, seize
fois plus.

Cependant le peu de solidité et de durée que
présentaient ces voies en bois, obligea de les re-
vêtir de plaques de fer ou de fonte, dans les parties où le frottement était le plus fort. En 1767,
on employa exclusivement la fonte. Les premiers
rails qu'on fit de cette manière consistaient en
bandes plates, avec un rebord ou épaulement
intérieur ; mais on sentit bientôt l'avantage de
construire les chemins à rails saillants et en fer
malléable. En 1788, on imagina de faire agir
le poids même des chariots descendans le long
des plans inclinés, au moyen d'une combinai-
son de poulies. En 1808, on commença à placer, au sommet des rampes, des machines à
vapeur, qui firent tourner un treuil sur lequel
s'enroulait une corde fixée par l'une de ses ex-

trémités aux chariots qu'il fallait élever. Enfin,
en 1810, on fit usage des machines locomotives.
Depuis ce temps le nombre des chemins de fer
en Angleterre, servant au transport, soit par la
force animale, soit par celle de la vapeur, s'est
successivement accru. Liverpool et Manchester,
Carlisle, Newcastle, le comté de Glamorgan,
Cardiff et Mertyr-Tydwill, Cromford and High
Peak, Birmingham et Bristol, Leeds et Selby,
Canterbury et Whistable, etc., etc., en Angleterre, ont abrégé les distances qui les séparaient
en créant des chemins de fer; l'Écosse et l'Ir-
lande ont suivi l'exemple de la métropole, mais
sur une moindre échelle; la plupart de ces entreprises sont pleines de prospérité, et chaque jour
il s'en forme de nouvelles. Le parcours actuel de
toutes ces routes est de trois cent quarante milles
(113 lieues).

   Parmi ces chemins l'un des plus intéressans,
quoiqu'il soit un des moins longs, est celui qui se
construit en ce moment entre Londres et Greenwich. Ce rail-way forme un viaduc élevé de 22
pieds au-dessus du sol, et se compose de mille ar-
ches commençant au bas du pont de Londres, et
se termine à Bexley place, à Greenwich. Sa longueur totale est de 3 milles 3/4. La dépense to-

tale de ce chemin a été estimée à 437,000 liv.
( 10,925,000 fr. )

Voici bientôt douze ans que ce nouvel instrument a été livré à l'industrie, et dans ce laps de
temps, que d'essais, que de changemens, que de
modifications ont été tentés, réalisés, abandon-
nés ou suivis! qu'il y a loin de cette *Fusée* et de
cette *Nouveauté*, qui firent en 1829 l'admiration
des juges du concours de Manchester, à la *Seine*,
au *Saint-Germain* et au *Louis-Philippe*, qui fonc-
tionnent sur les rails de Paris à Saint-Germain!
la science des constructeurs a fait des progrès
immenses; et cependant, combien de perfectionnemens, combien de problèmes il leur reste encore à introduire et à résoudre. Chaque expérience
a fourni des indications nouvelles. Dernièrement
on a remplacé les anciens rails, qui étaient trop
légers, par des rails qui pèsent 60 à 65 livres,
et qui ont quatre pieds de portée; et le poids du
*chair* a été aussi augmenté; il est aujourd'hui
de 20 livres aux joints et aux points intermédiaires. Toutes les nouvelles machines sont mon-
tées sur six roues, et toutes les roues sont en
fonte; les anciennes voitures que l'on répare re-
çoivent une addition de deux roues; les cylindres,
qui étaient autrefois disposés en dehors des roues,

sont placés à l'intérieur; on a grandi aussi la boîte à feu : dispositions qui toutes donnent plus de puissance aux machines, et qui diminuent les oscillations horizontales.

Malgré ces hésitations et ces expériences coûteuses, les résultats des entreprises de chemins de fer deviennent chaque jour plus sûrs et plus importants. En 1835, les divers chemins de l'Angleterre ouverts à la circulation ont transporté dix millions de voyageurs, 2,230,000 tonnes de marchandises; 300,000 bêtes à cornes, et 1,700,000 moutons et cochons; le bénéfice réalisé des entrepreneurs s'est élevé à 2,000,000 livres (50,000,000 fr.) dans un seul semestre, et malgré son état d'imperfection, le chemin de Liverpool a donné 46,000 livres (1,150,000 fr.) de produit net. Aussi, ces administrations rétribuent-elles largement tous leurs employés; l'ingénieur en chef reçoit 2,000 livres (50,000 fr.) par an; les ingénieurs secondaires 500 livres (12,500 fr.), quelquefois moins, jamais au-dessous de 200 livres (5,000 fr.); le réparateur des machines touche 4 guinées (104 fr.) par semaine; l'*engineman* (conducteur), 36 shillings (45); le *fireman* (chauffeur), une guinée (26 fr. 50 c.) En général les

salaires des ouvriers sont de 3 à 5 shillings
(3 fr. 75 c. à 6 fr. 25 c.) par jour.

## ÉTAT ACTUEL DES CHEMINS DE FER EN EUROPE ET EN AMÉRIQUE.

L'admirable chemin de fer de Manchester à
Liverpool est jusqu'ici le plus beau monument
élevé à l'industrie de la Grande-Bretagne et de
l'Europe. Si on prend son point de départ de
cette dernière ville, on sera confondu d'éton-
nement à l'aspect du tunnel qui la traverse
presqu'en entier sur une étendue de plus d'un
mille et quart, et à une profondeur de cent vingt-
trois pieds au-dessous du sol. La largeur uniforme de la galerie est de vingt-deux pieds, et la
hauteur de seize. Ses côtés s'élèvent perpendi-
culairement de cinq pieds jusqu'à la naissance
de la voûte, qui forme un hémicycle parfait.

Les travaux de cette colossale excavation
continués jour et nuit durèrent plus d'un an
avant que l'on pût parvenir à ouvrir le passage
d'un bout à l'autre; on les pratiqua au moyen
de puits ouverts sur une ligne extérieure; mais
les divers ateliers ayant à tracer la ligne souter-
raine, à travers une roche rougeâtre, mélée de

grès friables et de terres mouvantes, né pouvaient suivre cette ligne avec exactitude qu'au
moyen de la boussole. Ils se joignirent cependant à un ou deux pouces de déviation. Leur
travail consistait à faire sauter le roc par la
poudre, à le couper avec la pioche, à le briser
à l'aide du marteau, à étayer de proche en proche les masses suspendues en l'air jusqu'à ce
qu'elles fussent supportées par le cintre de la
voûte. Grâce à ces travaux gigantesques, la valeur du fonds social a presque doublé ; exemple
frappant de ce que peut l'audace du génie mar-
chant avec toute sa force à travers les obstacles
qu'il a mission de surmonter. On ne saurait se
faire une idée de l'ordre et de la célérité qui président dans les magasins, au chargement et à la
réception des marchandises. D'énormes madriers
de deux pieds d'équarrissage sur cinquante-cinq
de longueur, sont enlevés en un clin d'œil. Deux
ou trois wagons les supportent et glissent sur
les rainures avec une admirable facilité. Rap-
portons ici les impressions qu'a éprouvées un
voyageur sur ce chemin.

« En traversant pour la première fois ce long
tube éclairé de loin en loin par quelques becs de
gaz, une vague inquiétude me dominait : je es-

9

pirais à peine. Le train sur lequel je me trouvais était composé d'une longue suite de cages qui renfermaient des porcs et des bœufs. Nous roulions avec une vitesse de huit à dix milles à l'heure, lorsque nous entendîmes avec effroi comme une détonation d'artillerie; je crus un instant que la voûte allait s'affaiser, tant la percussion de l'air était vive; c'était un train qui descendait du côté d'Hedge-Hill. Il s'avançait dans les ténèbres à la lueur rougeâtre d'une lanterne que le conducteur tenait à la main, tandis que la galerie résonnait du grognement des porcs et du mugissement des taureaux; il me sembla un instant être au milieu des génies infernaux : c'était un spectacle confus dont il me serait difficile aujourd'hui d'esquisser l'aspect. A mesure que nous approchions de l'ouverture, les objets placés à l'horizon m'apparaissaient comme des fantômes revêtus d'une robe de brouillard; je les voyais grandir ou se rapetisser suivant les milieux qui s'interposaient. Cette fantasmagorie commençait à m'intéresser; mais, après quelques minutes passées au milieu de cette incertitude, les contours devinrent mieux arrêtés et la lumière nous fut rendue. »

J'ai dit qu'un ordre admirable préside au départ et à l'arrivée des voitures. Quel que soit le nombre des voyageurs, ils passent au bureau l'un après l'autre avec leurs bagages ; ils prennent leur tour d'inscription, montent en voiture ou se dirigent vers les omnibus : tout cela se fait avec une précision mathématique, sans désordre, sans discussions ; si bien, qu'en trois minutes, un convoi de vingt voitures peut être vidé et rechargé. Un petit tunnel destiné au transport des marchandises de la partie supérieure de la ville, coupe la colline de l'est à l'ouest, et se rend sur une seule ligne de rails, dans les cours spacieuses de la compagnie, dans *Crowsn-treet*. En partant de là, les voitures, abandonnées à elles-mêmes, vont rejoindre le plateau d'Helge-Hill, où elles sont attachées avec le train arrivé par le grand tunnel et la machine locomotive. A ce point la route est d'une admirable régularité jusquà l'excavation du mont Olive, faite dans une profondeur de plus de cent pieds de marne, ayant deux milles de longueur, et coupée par de nombreux viaducs ; de là, l'on arrive sur une chaussée élevée, formée avec les matériaux de la tranchée du mont Olive, et l'on entre à Manchester après avoir traversé, entre autres monumens, le plan incliné de Sutton, le pont et la chaussée de Sutton, et le grand viaduc élevé sur les marais de Chat-Moos.

Dix machines locomotives circulent chaque jour sur ce chemin ; deux remorquent les wagons des marchandises, six, ceux des voyageurs, et deux servent comme auxiliares sur les plans inclinés. La compagnie emploie en outre dix machines fixes, dont quatre pour les trois tunnels, trois pour les ateliers de Liverpool et de Manchester, deux pour l'alimentation à Parkside et à Manchester, une pour le chargement. Parmi ces machines il en est une surtout qui fonctionne d'une manière bien ingénieuse. La corporation de Liverpool n'autorise l'établissement des chaudières à vapeur qu'à une distance d'un mille et demi de la ville. Les entrepreneurs, obligés de se conformer à cette décision ; mais ayant besoin de la force de la vapeur à l'entrée de la ville ont éludé la difficulté.

La chaudière et le fourneau ont été construits selon l'ordonnance ; mais le corps de la machine les cylindres, les pistons et les engrenages ont été placés là où la force devait opérer ; la vapeur leur est transmise par des tubes qui correspondent de la chaudière aux cylindres, comme le gazomètre alimente les différens becs d'une ville. Malgré la distance franchie, la vapeur conserve toute sa puissance, et les entrepreneurs n'ont eu qu'à se féliciter de leur hardiesse : ce tour de force aura nécessairement les plus heureux résultats pour l'industrie; car il est maintenant possible de vendre de la vapeur par petites fractions, comme on vend du gaz et de l'eau.

La vitesse moyenne des machines sur le chemin de Liverpool, est de vingt milles par heure pour les wagons de voyageurs sur les plans de niveau; de 15 milles pour les wagons des marchandises, et de 7 milles sous le grand tunnel de Liverpool; de 15 milles sur le plan incliné de Sutton, lorsque les wagons sont peu chargés. *L'Éclipse*, machine qui remorque les wagons de marchandises sur le chemin de Manchester, a six roues, dont quatre de cinq pieds; chargée, elle pèse près de treize tonneaux et entraîne deux cents tonneaux avec une vitesse de 15 milles à l'heure. Le *Star* qui fonctionne sur le même chemin et qui remorque le train des voyageurs, a aussi six roues, dont deux de cinq pieds; chargée, elle pèse onze tonneaux, et marche avec une vitesse de vingt à vingt-cinq milles à l'heure. Désormais on se propose de marcher à 30 milles à l'heure. C'est effrayant : les machines parcourent de 30 à 32,000 milles par an ; 600 milles par semaine ; et leur dépense d'entretien et de combustibles est de 2 liv. 14 sh. (67 fr. 50) par voyage ; le prix des machines est aujourd'hui de 11 à 1200 liv. (27,500 fr. à 30,000 fr.) et celui des wagons de 40 à 50 liv. (1200 à 1500 fr.) Acceptez ces renseignemens sans défiance, je les crois exacts ; je les ai recueillis sur les lieux avec toute la ferveur d'un néophyte.

La grande difficulté que l'on a à vaincre dans la construction de rail-ways est d'obtenir une adhérence suffisante, sans trop augmenter le frottement ; or, quelque faible que soit ce frottement, il devient très-considérable du moment où le chemin est obligé de dévier de la ligne droite. Le moyen que l'on emploie aujourd'hui pour rendre l'augmentation du frottement peu sensible, consiste à faire décrire au chemin un segment de cercle d'un fort grand diamètre. On y obvie aussi par la forme des roues. Un correspondant du *Rail-Way magazine*, M. Bravender, demande s'il ne serait pas plus rationnel de prendre pour courbe une cycloïde, ou du moins de chercher si, de même que la cycloïde est la

courbe de la plus prompte descente, il n'existe-
rait pas dans la nature une courbe de moindre
résistance. Nous laissons aux mathématiciens le
soin de résoudre ce problème; en attendant,
nous allons présenter le tableau des chemins
de fer existans dans l'Union Américaine.

C'est sur les États-Unis qu'il faut jeter les
yeux, si l'on veut voir des entreprises conçues
sur de grandes proportions, et des hommes
prompts à mettre en pratique toutes les décou-
vertes utiles. L'espace, il est vrai, ne leur manque pas pour accomplir leur œuvre ; le sol n'y
est pas divisé, morcelé, comme en Europe, entre
une infinité de petits propriétaires hargneux qui,
dominés par un égoïsme aveugle, par des considérations mesquines, sont toujours prêts à sa-
crifier les intérêts généraux à leurs intérêts pri-
vés. Là on sait apprécier le temps que l'on gagne
en abrégeant l'espace; mais nulle part ailleurs,
il faut le dire, l'ouverture d'un nouveau chemin
n'augmente dans une aussi forte proportion la richesse d'une contrée, ne rehausse davantage l'importance des villes, et ne met en mouvement des
sommes de capitaux plus considérables : aussi,
dès qu'un projet est proposé, les spéculateurs ac-
courent, et l'entreprise commence; si le fer ou

fonte manque, on remplace ces matériaux par la pierre ou par le bois, et les rail-ways, dont la construction est si lente en Europe, semblent s'improviser en Amérique, tant les procédés y sont simples et expéditifs. Le travail n'est pas parfait sans doute, mais la circulation commence, et l'on perfectionne ensuite. Depuis l'introduction d'un nouveau système de transport, en 1826, l'Amérique du Nord s'est, à la lettre, couverte d'un réseau de routes à rainures, qui ont établi des rapports très-prompts et très-commodes entre les points les plus extrêmes de la confédération. Notre but est d'en faire connaître les principales.

Les chemins de fer aux États-Unis peuvent se rapporter à deux grands systèmes : d'abord les chemins de fer exécutés ou en cours d'exécution sur les bords de l'Atlantique, puis les chemins de fer construits dans le but d'unir cette première ligne avec les pays de l'intérieur ou de l'ouest. Nous distinguerons, sous la dénomination de *ligne de l'Atlantique*, tous les chemins de fer qui tendent à former une seconde ceinture artificielle de communication, parallèle au littoral, et sous celle de l'*Atlantique vers l'ouest*, tous ceux qui tendent à créer ou à activer des rap-

ports directs ou indirects entre cette première
ligne et les régions à l'ouest des monts Allégha-
niens.

Sur le littoral, se trouvent les plus grands cen-
tres de population déjà réunis par la navigation à vapeur, qui jusqu'ici a secondé d'une manière si efficace l'esprit commercial des habitans
de l'Union. Néanmoins, ce système de communication était encore imparfait. Des solutions de
continuité exigeaient sans cesse que la voie de
terre intervînt pour combler les lacunes.

De là des lenteurs infinies, lenteurs que les
besoins nouveaux, devenus plus nombreux et
plus pressans, ne pouvaient plus supporter. C'est
pour satisfaire à ces nécessités nouvelles, qu'a
été conçue la ligne des chemins de fer sur les
bords de l'Atlantique, qui réunira un jour Boston à la Nouvelle-Orléans, en passant par toutes
les capitales des États qui bordent l'Atlantique.
Un pareil projet était d'un intérêt trop général
pour être négligé; aussi s'est-on occupé immédiatement de son exécution, en formant une
union systématique entre la navigation à vapeur
existante et les chemins déjà projetés et exécutés. En décrivant cette ligne de l'Atlantique, et
allant de l'orient à l'occident, on peut considé-

rer Boston, capitale du Massachussetts, comme point de départ à l'est, et Charlestown, dans la Caroline du sud, comme point d'arrêt au sud-ouest.

Le chemin de fer projeté entre Boston et Providence fut le premier chaînon de cette grande ligne, dont on s'occupe. Ce chemin part de l'intérieur de Boston, traverse le bras de mer qui sépare la ville du faubourg de Roxbury, sur une chaussée artificielle de dix-sept cents mètres de longueur, formée d'une plate-forme en maçonnerie de blocage, construite sur pilotis; ce chemin est desservi par des machines locomotives importées d'Angleterre; elles parcourent, en deux heures, toute la distance entre Boston et Providence, dont la longueur, par le chemin de fer, est de 67,591 mètres ou environ dix-sept lieues.

De Providence un second rail-way se rend à Stonington, village de l'état de Connecticut, où l'on traverse le Sound pour se rendre à Long-Island; là, un nouveau prolongement du chemin ira jusqu'à New-Yorck. Quand ces diverses routes seront achevées, la distance sera de 334,373 mètres ou 83 lieues, dont neuf lieues se feront par eau, distance qui sera parcourue en onze heures et demie.

New-Yorck et Philadelphie sont les plus grandes villes des États-Unis. New-Yorck, capitale du commerce de l'Union, a aujourd'hui une population de 280,000 âmes. La marine marchande est estimée à plus de 330,000 tonneaux, et le revenu de sa douane a versé dans le trésor public, en 1834, 50,000,000 de francs. Philadelphie compte près de 120,000 âmes; son commerce extérieur, moins actif que celui de New-Yorck, est représenté par environ 100,000 tonneaux; mais aussi cette ville, séjour d'une population tout agronome et manufacturière, est devenue le foyer le plus actif de la civilisation la mieux entendue. Il existe deux projets de chemin de fer pour mettre ces deux villes à sept heures de marche l'une de l'autre; l'un utilise la navigation à vapeur déjà établie sur une portion de l'espace qui les sépare, l'autre accomplira le trajet sans interruption; le premier est déjà livré à la circulation, le second est en cours d'exécution.

Amboy, dans le New-Jersey, est un excellent mouillage pour les bâtimens dirigés sur New-York, et qui dans l'hiver sont détenus dans la rade foraine par les glaces que le Hudson charrie; Camden, aussi dans le New-Jersey, est situé sur la rive droite de la Ware, précisément vis-à-vis de Philadelphie: un chemin de fer à double voie a été construit, entre ces deux villes, par M. J. Wilson; son développement total est de 68,168 mètres, ou vingt-quatre lieues et demie; la dépense totale, y compris les frais d'achat de terrain, de bateaux à vapeur, de machines locomotives, de chariots, et de construction de quais, s'est élevée à 7,772,000 fr. Au moyen de ce chemin on communique de New-York à Philadelphie (distance de trente-quatre lieues), en cinq heures et demie; la dépense par voyageur est de 15 fr. 90 c. aux premières places, et de 10 fr. 60 c. aux secondes.

Le rail-way, entre Paterson et New-York, passe par les rivières de la Passaie et Hackensack, toutes deux navigables pour les bâtimens à voiles. Ce passage s'effectue par des ponts viaducs qui n'interrompent point la navigation.

De New-Jersey, ville située sur le Hudson, vis-à-vis de New-York, un chemin de fer, à une voie, conduit à New-Brunswick, distance de douze lieues. De New-Brunswick à Trenton, distance de dix lieues et demie, on a le projet d'établir des rainures sur la route ordinaire, afin d'unir la route précédente avec celle de Trenton à Philadelphie, qui existe déjà sur un développement de onze lieues.

De Philadelphie à Baltimore, villes qui sont à quarante-huit lieues l'une de l'autre, il existe en ce moment une voie de communication, partie par bateau à vapeur et partie par rail-ways. La distance se franchit en dix heures et demie Une seconde voie toute par terre est commencée ; quand elle sera entièrement établie, le trajet s'accomplira en sept heures.

Le chemin de fer de Baltimore à Washington ouvre une communication directe entre la troisième capitale du commerce américain et la capitale de l'Union, et devient par cela même un des plus importans chaînons de la ligne de l'Atlantique. Aussi est-ce entièrement dans le but de favoriser le plus possible le mouvement des voyageurs que les études de ce chemin ont été dirigées par l'habile ingénieur, M. J. Kinght, qui en a été chargé. La longueur totale de ce chemin sera de 60,751 mètres, et le trajet s'accomplira en deux heures et demie, à raison de 25 kilomètres par heure sur les parties en lignes droites et de 21 kilomètres seulement sur les parties courbes.

De Washington à Frédéricksburg, en Virginie,

10

on suit d'abord, sur une distance de 72,500 mètres, la navigation à vapeur du Potomac jusqu'au Potomac-Creek. De Potomac-Creek à Frédéricksburg, on a projeté un chemin de fer qui aura 11 kilomètres de longueur. Le chemin de fer de Frédéricksburg à Richmond doit avoir 97,406 mètres de développement. Cette dernière ville, capitale de la Virginie, compte 18,000 habitans et est le centre d'un commerce très-actif.

Une compagnie s'occupe en ce moment de la construction d'un chemin de fer de Richmond à Petersburg sur l'Appomax, un des ports les plus importans de la Virginie. Ce chemin formera le prolongement de la ligne de l'Atlantique et pourra être parcouru en une heure. De Pétersburg un chemin se rend au Roanoke. Quoique projeté dans un pur intérêt de localité, ce chemin acquiert cependant un intérêt national par la position qu'il occupe dans la ligne de l'Atlantique. Sa longueur totale est de 94,949 mètres.

C'est sur le bassin de Roanoke que se termine aujourd'hui la grande ligne de communication de fer parallèle à la côte de l'Atlantique. Elle devra cependant être prolongée, un jour, au moins jusqu'à Charlestown, qui forme l'extrémité méridionale de cette ligne projetée. Elle traversera

Raleigh et Fayetteville, dans la Caroline du nord, Cheraço, Camden et Columbia, dans la Caroline du sud, d'où elle se rendra à Charlestown. Ainsi à une époque très-prochaine on peut espérer de voir établir de Boston à Charlestown une communication continue par un chemin de fer qui aura quatre cent trente-cinq lieues de développement, distance que l'on pourra parcourir en soixante-douze heures. Les travaux exécutés jusqu'à présent sur la ligne de Boston au Roanoke, par Amboy et Newcastle, se composent de 184,992 mètres de double voie, dont la construction a coûté un prix moyen de 145 fr., et 286,549 mètres de simple voie, au prix moyen de 38 fr.

Les chemins de fer, aux Etats-Unis, sont, à très-peu d'exceptions près, entrepris par des associations particulières; dans quelques cas seulement, les Etats ont cru devoir se charger de l'exécution de grandes lignes qui auraient exigé une émission de capitaux trop au-dessus des moyens ordinaires des particuliers; l'intervention du gouvernement fédéral, dans les entreprises des railways, a toujours été restreinte jusqu'ici aux frais d'études qu'il fait exécuter par ses ingénieurs. Les gouvernemens des états particuliers interviennent souvent, mais c'est toujours comme actionnaires, et ce n'est qu'à ce titre qu'ils exercent leur influence, soit dans la rédaction du projet, soit dans son exécution. Dans le cas où un État se charge seul de la construction d'une grande ligne, l'exécution de la loi qui l'autorise est confiée à une commission composée de trois membres. Cette commission, assistée d'un ingénieur en chef nommé par le gouvernement, fait exécuter et reçoit les travaux, contracte les emprunts et dirige l'ensemble et les détails de l'entreprise. Une loi détermine l'intérêt et les époques de remboursement des emprunts.

Reportons maintenant nos regards sur l'Europe. Jusqu'à présent la France ne possède que trois chemins de fer en pleine activité; une double ligne a été établie entre Lyon et Saint-Etienne, dont la distance est de trente-quatre milles; mais ce chemin n'est pas propre aux transports d'un très-grand poids, car ses rails ne pèsent que 10 kilogrammes par mètre. Afin d'obtenir des niveaux suffisants, on y a pratiqué vingt passages souterrains : l'un d'eux a un mille de long; un autre est percé sous la rivière de Gier; ce dernier a un demi-mille d'étendue. Cette route traverse la Saône sur un viaduc. Une partie du chemin est en plans inclinés sur lesquels les **voitures** sont mises en mouvement par leur propre poids ; dans les autres parties on se sert de **machines** locomotives. Une seconde route, allant de Saint-Etienne à Roanne, et dont la longueur est d'environ quarante-cinq milles, peut être considérée comme une continuation de la première ; elle n'a qu'une seule voie ; les rails des premiers treize milles pèsent quarante-trois livres par yard (dix-huit kilogrammes par mètre). Sur le reste de la route, leur poids est le même que celui des rails du chemin de Lyon. Le chemin de Paris à Saint-Germain est le quatrième.

La monarchie Prussienne, qui, pendant ces dernières années, a fait tant de progrès dans l'industrie, et qui a donné un si grand développement à son commerce, a maintenant un magnifique chemin de fer, construit aux frais d'une société d'actionnaires qui s'est formée à Minden ; le but de cette grande entreprise est de joindre le bassin du Wéser à celui du Rhin, en passant par Rheme, Bielefelde, Castrupp, Witten et Elberfeld ; sa longueur sera de cent trente-un milles, et la dépense de 12 millions de francs. La ville libre de Brême a pris des actions pour la valeur de quatre millions de francs ; la petite ville de Min-

10.

den a souscrit pour quelques centaines d'actions et le gouvernement prussien, qui est toujours disposé à encourager les entreprises utiles, en a pris un grand nombre. Ce grand projet qui, se lie aux travaux de ce genre qu'on exécute en Belgique, sera bientôt réalisé.

De leur côté, les Belges ont travaillé avec activité; ils possèdent l'un des plus beaux chemins de fer de l'Europe, de Bruxelles à Liége, et qui transporte tous les jours plus de 6,000 voyageurs. Ce grand ouvrage commence à Malines et va joindre Verviers, en passant par Louvain, Tirlemont et Liége. Il a trois branches qui aboutissent à Bruxelles, à Anvers et à Ostende; cette dernière passe par Termonde, Gand et Bruges. Il paraît même qu'il y aura une quatrième branche dont l'exécution sera à la charge des actionnaires prussiens : celle-ci ira de Verviers à Cologne, en passant par Dalhem, Eupen, Aix-la-Chapelle, Eschweiler, Stolberg et Duren. Le but de cette grande et utile entreprise, pour l'exécution de laquelle le gouvernement Belge a avancé six millions de francs et autorisé un emprunt de quinze millions, est d'ouvrir des communications faciles et accélérées entre les ports d'Anvers et d'Ostende et les principales villes manufacturières du royaume, ainsi qu'avec Cologne et Aix-la-Chapelle, dans la monarchie prussienne.

Le gouvernement Autrichien, qui, quoi qu'on en dise, n'est en arrière d'aucun progrès, et qui, depuis quelques années, a ouvert à grands frais tant de routes magnifiques sur la chaîne des Alpes, a puissamment contribué à la construction du premier chemin de fer établi dans l'empire. Cette ligne, qui a soixante-huit milles de long, commence à Mathausen, dans la Haute-Autriche, sur la rive gauche du Danube, vis-à-vis Ens, et aboutit à Budweis sur la Moldau, en Bohème, en passant par Freystadt, Léopoldschlag, Unterhard, Tœplitz, Welleschin et Steinkirchen. Le point culminant de ce chemin est à Léopoldschlag, presque à la moitié du parcours et à deux cents cinquante-huit toises au-dessus de Mathausen : le bassin du Danube se trouve ainsi relié à celui de l'Elbe, et par conséquent la mer Noire à la Baltique. Un autre chemin de fer de trente-quatre milles de long doit aller de Gmunden a Linz ; il facilitera le transport des sels de la Haute-Autriche, si souvent suspendu par le manque d'eau dans la Traun, qui n'est navigable que pendant quatre mois de l'année.

Les chemins de fer sont aujourd'hui si bien appréciés, que de toutes parts on en construit : la Russie, ce pays si arriéré, dont le Czar ne rougit pas d'aggraver les châtimens imposés par des magistrats iniques, aura bientôt deux chemins de fer. Le midi de la France sera sous peu de temps doté de deux nouvelles lignes : Naples, la Grèce, la Turquie, l'Égypte travaillent aussi à perfectionner leurs moyens de communication, et la Havane, au milieu de l'Archipel des Antilles, se prépare aussi à ouvrir un chemin de fer.

On le voit, de toutes parts, le besoin de communications sûres et plus rapides se fait vivement sentir. Les négocians et les insdustriels ont compris, dès les premiers jours, la toute-puissance de la vapeur ; aucun d'eux n'est resté étranger aux nombreuses associations qui, tour-à-tour, se sont formées pour en exploiter les résultats. Les actions de chaque nouvelle compagnie sont enlevées ; ce n'est donc pas à la timidité de nos capitalistes, à l'insuffisance de nos moyens d'éxécution, à l'insuccès des premières entreprises qu'il faut attribuer la lenteur de ces utiles constructions ; ce sont les idées étroites et mesquines des propriétaires qui en ont surtout retardé le développement.

Il est vraiment curieux de voir par quels rai-
sonnemens captieux, par quel luxe d'égoïsme on
parvient à paralyser ces grands travaux d'utilité
publique. J'ai parcouru plus de trente enquêtes
différentes, c'est toujours par les plus pitoyables
motifs que l'on soutient des fins de non-recevoir
absurdes : celui-ci craint que la fumée de la locomotive ne l'asphyxie ; que le feu de la chaudière n'incendie ses arbres, ses moissons ; un
autre, que le bruit des voitures n'épouvante
son bétail et ne fasse avorter ses brebis ou ses
génisses : il en est qui redoutent surtout le
morcellement de leurs terres et l'invasion des
voyageurs qu'ils assimilent fort ingénument à
des hordes d'Arabes ou de Baskirs ; puis viennent
les réclamations, les pétitions, les dommages et
intérêts : un are de terre est vendu dix fois sa valeur, et quelques pommiers rabougris sont esti-
més au poids de l'or. Sans doute, toutes ces pré-
tentions, toutes ces plaintes, toutes ces lamentations, exprimées d'une manière fort grotesque,
seraient très-amusantes si elles n'étaient pas si
funestes à l'intérêt public. Cette lutte est pénible
à voir, car elle nuit essentiellement à la prospérité du pays ; et, chose singulière, ce sont précisément ceux qui doivent retirer les plus grands

bénéfices qui se montrent les plus récalcitrans, les plus hostiles à la réalisation de ces projets. A voir l'acharnement qu'ils y apportent, ne dirait-on pas que les machines à vapeur dévorent et engloutissent tout ce qui s'approche d'elles. Après tant d'épreuves, pourquoi ces hésitations ? pourquoi ces paniques ?

Lorsque pour la première fois les bateaux à vapeur remontèrent le cours du Mississipi, les indigènes de l'Amérique, étonnés de voir ces masses s'avancer sans aucun moteur apparent, et affronter le cours impétueux de leur fleuve, crurent voir arriver des génies malfaisans, et se mirent à lancer sur le bateau à vapeur une grêle de flèches, comme si c'eût été un caïman ou un alligator gigantesque qui se fût approché pour les dévorer; mais peu à peu les Indiens sont revenus de leur frayeur, et les échanges avantageux qu'ils ont faits de leurs pelleteries contre les marchandises d'Europe ont bientôt triomphé de leur aversion première. Aujourd'hui ils saluent par des acclamations de joie la venue des *navires à feu*. Eh bien ! ne vous semble-t-il pas que nos propriétaires sont encore moins avancés que les *peaux rouges* de l'Amérique du Nord ?

Un bon chemin est en réalité une des machines les plus efficaces qui servent à économiser le travail, à réduire le prix des objets qui viennent de loin, à donner une plus grande valeur à ceux du pays, à multiplier les échanges, et à accélérer la production dans toutes les branches de l'industrie; avantages de la plus haute importance, et équivalant à une plus grande fertilité de la terre. Avant de parler de la supériorité qu'ont les chemins de fer sur tous ceux construits d'après les anciens systèmes, nous ferons observer que, sur ceux pratiqués pour les voitures, trente chevaux suffisent pour traîner le même poids que cent peuvent à peine porter à dos sur les routes accessibles aux charrois. On calcule aussi que les frais d'entretien de dix chevaux, sur les soixante-dix que l'on peut économiser au moyen des routes accessibles aux voitures, suffisent pour entretenir le chemin dans le meilleur état possible.

Sur les chemins de fer, un seul cheval traîne 145 quintaux, charge que peuvent à peine traîner huit chevaux sur un bon chemin ordinaire. Le cheval fait en outre 4 milles (1 lieue 1/4), à l'heure, tandis que les huit chevaux qui traînent une charge égale sur une route ordinaire, font tout au plus deux milles et demi (3/4 de lieue) à l'heure; en sorte que, dans ce cas, on économise plus de la moitié du temps et les sept huitièmes des bestiaux. D'après des documens recueillis par M. Derby, propriétaire d'une des principales entreprises de voitures à vapeur de la Grande-Bretagne, il résulte qu'il est employé sur chaque cent milles de route (33 lieues) mille chevaux pour le service des voitures publiques qui les parcourent régulièrement. Comme dans les trois royaumes il y a 5,000 milles de routes royales, le service des voitures publiques occupe donc 50,000 chevaux; or, comme le terrain nécessaire pour produire la nourriture d'un cheval peut assurer l'existence de cinq personnes, la Grande-Bretagne, par la seule application de la machine à vapeur aux voitures publiques, avec la même étendue de terrain qu'elle cultive aujourd'hui, pourra alimenter 250,000 personnes de plus, aussitôt que les diligences à vapeur desserviront toutes les routes.

En France, l'action des chemins de fer ne s'arrêtera pas là. L'approvisionnement des marchés de Paris devient chaque jour plus difficile, à mesure que la population augmente et que les terres voisines s'apauvrissent. Aujourd'hui,

dans l'état actuel de nos communications intérieures, on ne peut tirer le lait, le beurre, les
légumes, et certaines espèces de fruits que d'en-
droits très-rapprochés de la capitale. Aussi tous
ces objets renchérissent-ils chaque jour; aussi ne
néglige-t-on aucun expédient pour obtenir, d'un
espace de terre donné, la plus grande quantité
possible de produits. Le maraîcher, le nourrisseur
des environs de Paris, ne reculent devant aucune
fraude, devant aucun moyen pour arriver à ce
résultat : les vaches sont maintenues dans un
état permanent de fièvre, et le jardinage ne pousse
qu'à force de fumier; qu'en advient-il? les légumes qui paraissent sur nos tables sont sans sa-
veur, et le lait nous arrive presque décomposé...

S'il existait des lignes dans toutes les directions,
et ayant des embranchemens suffisans, le lait, les
légumes et les autres objets de consommation
qui ne sont pas de garde, pourraient être fournis
à la métropole par une étendue de pays 36 ou
49 fois plus grande que celle d'où lui arrivent aujourd'hui ces mêmes articles. En étendant ainsi
la concurrence, la fraude ne serait plus possible,
et notre santé y gagnerait. On le voit, cette plus
grande facilité dans les communications, tout en
augmentant le bien-être des consommateurs, sert

11

puissamment les intérêts des propriétaires et des producteurs.

Ces considérations importantes que nous avons extraites de l'intéressant journal le *Paris and London advertiser*, méritent l'attention de nos économistes, et particulièrement celle d'un gouvernement qui émancipe l'industrie et les arts, pour arriver à la prospérité que lui prédisent les vastes extensions de son commerce.

FIN.

# SERVICE DU CHEMIN DE FER

## DE PARIS A SAINT-GERMAIN

### ET DES STATIONS INTERMÉDIAIRES.

———◅◦▻———

Pendant la semaine, les départs ont lieu TOUTES LES HEURES, de Paris et de Saint-Germain. Le Dimanche et les jours de Fête, les départs ont lieu TOUTES LES DEMI-HEU-RES. Il part, en outre, de Paris et de Saint-Germain, aux heures indiquées au tableau ci-dessous, DES CONVOIS SPÉCIAUX s'arrêtant à toutes les stations intermédiaires.

Le service commence à 7 heures du matin, et finit à 10 heures du soir.

Les *Dimanches*, *Jeudis* et *jours de Fête*, il y a un départ SUPPLÉMENTAIRE de Paris à SIX HEURES DU MATIN.

*Départs de Paris.*

7 heures du matin, pour Saint-Germain.

7 heures et demie,        Clichy, Asnières, Nan-terre, Chatou, Saint-Germain.

8 heures,        Saint-Germain.

9 heures,        Nanterre, Chatou, Saint-Germain.

10 heures,        Saint-Germain.

11 heures,        Saint-Germain.

11 heures et demie,        Clichy, Asnières, Nan-terre, Chatou, Saint-Germain.

Midi,        Saint-Germain.

1 heure,        Saint-Germain.

1 heure et demie,        Clichy, Asnières, Nan-terre, Chatou, Saint-Germain.

2 heures,        Saint-Germain.

3 heures,        Saint-Germain.

3 heures et demie,        Clichy, Asnières, Nan-terre, Chatou, Saint-Germain.

4 heures,        Saint-Germain.

5 heures,        Saint-Germain.

5 heures et demie,        Clichy, Asnières, Nan-terre, Chatou, Saint-Germain.

6 heures,        Nanterre, Chatou, S.-Germain.

| | |
|---|---|
| 7 heures, | Asnières, S.-Germain. |
| 7 heures et demie, | Clichy, Asnières, Nanterre, Chatou, Saint-Germain. |
| 8 heures, | Saint-Germain. |
| 9 heures, | Clichy, Chatou, Saint-Germain. |
| 10 heures, | Nanterre, S.-Germain. |

### Départs de Saint-Germain.

| | |
|---|---|
| 7 heures du matin, | Chatou, Nanterre, Paris. |
| 8 heures, | Asnières, Paris. |
| 9 heures, | Chatou, Clichy, Paris. |
| 10 heures, | Nanterre, Asnières, Paris. |
| 11 heures, | Clichy, Paris. |
| Midi, | Paris. |
| Midi et demi, | Chatou, Nanterre, Asnières, Clichy, Paris. |
| 1 heure, | Paris. |
| 2 heures, | Paris. |
| 2 heures et demie, | Chatou, Nanterre, Asnières, Clichy, Paris. |
| 3 heures, | Paris. |
| 4 heures, | Paris. |
| 4 heures et demie, | Chatou, Nanterre, Asnières, Clichy, Paris. |
| 5 heures, | Paris. |
| 6 heures, | Paris. |

| 6 heures et demie, | Chatou, Nanterre, As-nières, Clichy, Paris. |
| 7 heures, | Paris. |
| 8 heures, | Paris. |
| 8 heures et demie, | Chatou, Nanterre, As-nières, Clichy, Paris. |
| 9 heures, | Paris. |
| 10 heures, | Paris. |
| 10 heures, | Chatou, Nanterre, As-nières, Clichy, Paris. |

*Prix des places.*

| | diligences. | wagons garnis. | wagons n. garn. |
|---|---|---|---|
| De Paris à S.-Germain et *vice versâ.* | 1f. 50c. | 1f. 25c. | 1f. c. |
| De Paris à Chatou, | | 1 20 | » 80 |
| De Paris à Nanterre, | | » 90 | » 75 |
| De Paris à Asnières, | | » 45 | » 40 |
| De Paris à Clichy, | | » 45 | » 40 |
| De Clichy et d'Asnières à S.-Germain, | | 1 10 | » 90 |
| De Nanterre à S.-Germain, | | » 55 | » 50 |
| De Chatou à S.-Germain, | | » 45 | » 40 |
| D'une station intermé-diaire à la station im-médiatement suivante, | | » 40 | » 30 |
| D'une station intermé-diaire à l'une des au-tres stations, | | » 60 | » 50 |

Il ne sera pas délivré de billets de diligences pour les stations intermédiaires.

La distribution des billets pour les points intermédiaires sera entièrement arrêtée lorsque le convoi sera en vue.

MM. les voyageurs devront être arrivés à la station 10 minutes avant l'heure du départ.

Ils doivent faire contrôler leurs billets en entrant dans la salle, et les garder jusqu'à ce qu'ils soient réclamés par les agens de l'Administration, qui indiqueront à chacun sa place respective dans les voitures.

Pour le service de Paris à Saint-Germain, et *vice versâ*, les billets et la caisse des wagons garnis sont jaunes ; les billets de la caisse des wagons simples sont verts. Les billets de diligences sont blancs; ces derniers billets portent un numéro qui est aussi indiqué au-dessus de chaque diligence. MM. les voyageurs sont priés de se rendre à la diligence dont le numéro correspond au numéro de leur billet ; ils devront prendre place dans la caisse indiquée sur le billet dont ils sont porteurs.

Les billets ne sont valables que pour les départs qu'ils indiquent ; lorsqu'ils sont détachés de leur souche, ils ne peuvent être ni repris ni changés.

Il est formellement interdit aux agens et gardiens de l'Administration d'accepter aucune gratification des voyageurs.

## TRANSPORT PAR LE CHEMIN DE FER

# DES BAGAGES, PAQUETS,

### ET OBJETS DE PETITE MESSAGERIE.

Chaque voyageur a droit à un transport gratuit de 15 kilogrammes.

La compagnie se charge du transport à domicile aux prix ci-dessous fixés.

Par colis pesant jusqu'à 50 kilogrammes, pour chargement et transport, 50 c. Factage dans Paris, 50 c., et dans S.-Germain 30 c.

Par colis pesant jusqu'à 99 kilogrammes, pour chargement et transport, 75 c. Factage dans Paris 75 c., et dans S.-Germain 50 c.

Le factage n'est dû que lorsque le transport en dehors du chemin est effectué par les employés de la compagnie.

11.

# VOITURES

## EN CORRESPONDANCE RÉGULIÈRE

### AVEC LE CHEMIN DE FER.

---

##### OMNIBUS DU PECQ A SAINT-GERMAIN.

25 c. pour aller à Saint-Germain, 15 c. pour en revenir.

##### VOITURES DU PECQ A VERSAILLES.

*Départs du Pecq* : 8 h. 1⁄2, 10 h. 1⁄2 m.; 2 h. 1⁄2, 4 h. 1⁄2. s.

*Départs de Versailles* : 7 h. 1⁄2, 11 h. 1⁄2 m.; 1 h. 1⁄2, 5 h. s.

*Prix :* Coupé, 1 fr. 50 c. Intérieur, 1 fr. 25 c.

##### VOITURES DU PECQ A POISSY.

*Départs du Pecq et de Poissy,* toutes les h. de 7 h. 1⁄2 m. jusqu'à 8 1⁄2 s. (à 2 h. seulement pas de départ).

*Prix :* Intérieur, 50 c.

##### VOITURES DU PECQ A MEULAN.

*Départs du Pecq :* 10 h. 1⁄2, 12 h. 1⁄2, 2 h. 1⁄2, 4 h. 1⁄2, 6 h. 1⁄2.

*Départs de Meulan :* 6 h., 8 h. 1⁄2, 11 h. 1⁄2, 12 h. 1⁄2, 2 h. 1⁄2.

*Prix :* Intérieur, 1 fr. 75 c.

### VOITURES DU PECQ A MANTES.

*Départs du Pecq :* 12 h. 1∤2, par Epônes.

*Départs de Mantes :* 4 h. 1∤2, par Meulan, 7 h. et 9 h. m.

*Prix :* Coupé, 3 fr. Intérieur, 2 fr. 50. Banquette, 2 fr. 30 c.

### VOITURES DU PECQ A TRIEL.

*Départs du Pecq :* 10 h. m., 4 h. s. ; de Triel : 7 h. m., 1 h. s.

### VOITURES DU PECQ A ÉPÔNES.

*Départ du Pecq :* 12 h. 1∤2 ; d'Épônes : 7 h. 1∤2 m.

*Prix :* Coupé, 2 fr. Intérieur, 1 fr. 75 c.

### VOITURES DU PECQ A MAURECOURT.

*Départs du Pecq :* 11 h. m., 6 h. s. ; de Maure-court : 9 h. m., 5 h. s.

### VOITURES DU PECQ A NAUPHLE.

*Départ du Pecq :* 6 h. 1∤2 s. ; de Nauphle : 7 h. m.

*Prix :* Coupé, 2 fr. Intérieur, 1 fr. 50 c. Banquette, 1 fr. 50 c.

### VOITURES DU PECQ A PONTOISE.

*Départ du Pecq :* 6 h. 1∤2 s. ; de Pontoise : 6 h. matin.

*Prix :* Coupé, 2 fr. Intérieur, 1 fr. 50 c. Banquette, 1 fr. 30.

### BATEAUX A VAPEUR.

Du *Pecq à Rouen :* Stations à Maisons, Meulan,

Mantes, les Andelys, Pont-de-l'Arche, Elbeuf, etc.

Correspondance avec les bateaux *de Rouen au Hâvre* et avec les paquebots de Caen, Dunkerque, Bordeaux, Rotterdam, Hambourg, Southampton et Londres.

Départ tous les jours du Pecq, à 8 h. du matin.

*Prix des places.*

| | 1res | | 2es | |
|---|---|---|---|---|
| De Paris à Rouen, | 12 f. | | 9 f. | |
| Au Havre, | 22 | | 12 | |
| A Londres, | 62 | | 41 | 65. c. |

# STATIONS INTERMÉDIAIRES.

Les voyageurs devront être rendus à la station dix minutes avant chaque départ.

Il ne sera pas dilivré de diligences pour le service des stations.

La distribution des billets sera entièrement suspendue lorsque le convoi sera en vue.

Les billets ne sont valables que pour les départs qu'ils indiquent; lorsqu'ils sont détachés de leur souche, ils ne peuvent être repris ni changés.

Il est formellement interdit aux agens de l'Administration d'accepter aucune gratification des Voyageurs.

## STATION D'ASNIÈRES.

### Prix des Places.

| | | | |
|---|---|---|---|
| De Paris à Asnières *et vice versa,* | f. | 45 c. | 40c. |
| D'Asnières à S.-Germain, *id.* | | 1 10 » | 90 |
| D'Asnières à Clichy, *id.* | | » 40 » | 30 |
| D'Asnières à Nanterre et Chatou, *id.* | | » 60 » | 50 |

### Heures des Départs.

7 *heures* 1⁄2 *du m.*, de Paris pour Asnières; d'Asnières pour S.-Germain, Nanterre et Chatou.

8 *heures*, de St.-Germain pour Asnières.

8 *heures* 1⁄4, d'Asnières pour Paris.

10 *heures*, de S.-Germain pour Asnières.

10 *heures* 1⁄4, d'Asnières pour Paris.

11 *heures* 1⁄2, de Paris pour Asnières; d'Asnières pour Nanterre, Chatou et Saint-Germain.

*Midi* 1⁄2, de Saint-Germain pour Asnières.

*Midi* 3⁄4 d'Asnières pour Clichy et Paris.

1 *heure* 1⁄2, de Paris pour Asnières; d'Asnières pour Nanterre, Chatou et S.-Germain.

2 *heures* 1⁄2, de S.-Germain pour Asnières.

2 *heures* 3⁄4, d'Asnières pour Clichy et Paris.

3 *heures* 1⁄2, de Paris pour Asnières; d'Asnières pour Nanterre, Chatou et St.-Germain.

4 *heures* 1/2, de St.-Germain pour Asnières.

4 *heures* 3/4, d'Asnières pour Clichy et Paris.

5 *heures* 1/2, de Paris pour Asnières; d'Asnières pour Nanterre, Chatou et St.-Germain.

6 *heures* 1/2, de Saint-Germain à Asnières.

6 *heures* 3/4, d'Asnières pour Clichy et Paris.

7 *heures* 1/2, de Paris pour Asnières; dAsnières pour Nanterre, Chatou et St.-Germain.

8 *heures* 1/2, de St.-Germain pour Asnières.

8 *heures* 3/4, d'Asnières pour Clichy et Paris.

10 *heures*, de Saint-Germain pour Asnières.

10 *heures* 1/4, d'Asnières pour Clichy et Paris.

---

## STATION DE CLICHY.

### *Prix des Places.*

| | | | |
|---|---|---|---|
| De Paris à Clichy | *et vice versa* f. 45 c. | » 40 c. |
| De Clichy à S.-Germain. | *id* 1 10 | » 90 |
| De Clichy à Asnières. | *id.* » 40 | » 30 |
| De Clichy à Nanterre et Chatou. | *id.* « 50 | » 50 |

### *Heures des Départs.*

7 *heures* 1/2 *du m.*, de Paris pour Clichy; de Clichy pour Asnières, Nanterre, Chatou et St.-Germain.

12

9 *heures*, de Saint-Germain pour Clichy.

9 *heures* 1/4, de Clichy pour Paris.

11 *heures*, de Saint-Germain pour Clichy.

11 *heures* 1/4, de Clichy pour Paris.

11 *heures* 1/2, de Paris pour Clichy; de Clichy pour Asnières, Nanterre, Chatou et S.-Germain.

*Midi* 1/2, de Saint-Germain pour Clichy.

*Midi* 3/4, de Clichy pour Paris.

1 *heure* 1/2 *du s.*, de Paris pour Clichy; de Clichy pour Asnières, Nanterre, Chatou et S.-Germain.

2 *heures* 1/2, de Saint-Germain pour Clichy.

2 *heures* 3/4, de Clichy pour Paris.

3 *heures* 1/2, de Paris pour Clichy; de Clichy pour Asnières, Nanterre, Chatou et Saint-Germain.

4 *heures* 1/2, de St.-Germain pour Clichy.

4 *heures* 3/4, de Clichy pour Paris.

5 *heures* 1/2, de Paris pour Clichy; de Clichy pour Asnières, Nanterre, Chatou et Saint-Germain.

6 *heures* 1/2, de St.-Germain pour Clichy.

6 *heures* 3/4, de Clichy pour Paris.

7 *heures* 1/2, de Paris pour Clichy; de Clichy pour Asnières, Nanterre, Chatou et Saint-Germain.

8 *heures* 1/2, de St.-Germain pour Clichy.

8 *heures* 3/4, de Clichy pour Paris.

9 *heures*, de Paris pour Clichy; de Clichy pour Chatou et St.-Germain.

10 *heures*, de Saint-Germain pour Clichy.
10 *heures* 1/4, de Clichy pour Paris.

---

## STATION DE NANTERRE.

### *Prix des Places.*

| | | |
|---|---|---|
| De Paris à Nanterre, *et vice versa* » | 90 c. | 75 c. |
| De Nanterre à S.-Germain. *id.* » | 55 | 50 |
| De Nanterre à Chatou. *id.* » | 40 | 30 |
| De Nanterre à Asnières et Clichy. *id.* » | 60 | 50 |

### *Heures des Départs.*

7 *heures du m.*, de Saint-Germain pour Nanterre.

7 *heures* 10 *m.*, de Nanterre pour Paris.

7 *heures* 1/2, de Paris pour Nanterre.

7 *heures* 40 *m.*, de Nanterre pour Chatou et St.-Germain.

9 *heures*, de Paris pour Nanterre.

9 *heures* 10 *m.*, de Nanterre pour Chatou et St.-Germain.

10 *heures*, de Saint-Germain pour Nanterre.

10 *heures* 10 *m.*, de Nanterre pour Asnières et Paris.

11 *heures* 1/2, de Paris à Nanterre.

11 *heures* 40 *m.*, de Nanterre pour Chatou et St.-Germain.

*Midi* 1/2, de Saint-Germain pour Nanterre.

*Midi* 40 *m.*, de Nanterre pour Asnières, Clichy et Paris.

1 *heure* 1/2 *du s.*, de Paris pour Nanterre.

1 *heure* 40 *m.*, de Nanterre pour Chatou et Saint-Germain.

2 *heures* 1/2, de Saint-Germain pour Nanterre.

2 *heures* 40 *m.*, de Nanterre pour Asnières, Clichy et Paris.

3 *heures* 1/2, de Paris pour Nanterre.

3 *heures* 40 *m.*, de Nanterre pour Chatou et Saint-Germain.

4 *heures* 1/2, de Saint-Germain pour Nanterre.

4 *heures* 40 *m.*, de Nanterre pour Asnières, Clichy et Paris.

5 *heures* 1/2, de Paris pour Nanterre.

5 *heures* 40 *m.*, de Nanterre pour Chatou et Saint-Germain.

6 *heures du s.*, de Paris pour Nanterre.

6 *heures* 10 *m.*, de Nanterre pour Saint-Germain.

6 *heures* 1/2, de Saint-Germain pour Nanterre.

6 *heures* 40 *m.*, de Nanterre pour Asnières Clichy et Paris.

7 *heures* 1/2, de Paris pour Nanterre.

7 *heures* 40 *m.*, de Nanterre pour Chatou et Saint-Germain.

8 *heures* 1/2, de St-Germain pour Nanterre.

8 *heures* 40 *m.*, de Nanterre pour Asnières, Clichy et Paris.

10 *heures*, de Paris pour Nanterre ; de Saint-Germain pour Nanterre.

10 *heures* 10 *m.*, de Nanterre pour Paris, St.-Germain, Asnières et Clichy.

---

## STATION DE CHATOU.

*Prix des Places :*

De Paris à Chatou., *et vice versa.* 1ᶠ· 20ᶜ· » 80ᶜ·
De Chatou à Saint-Germain... *id.* » 45 » 40
De Chatou à Nanterre.. . . . *id.* » 40 » 30
De Chatou à Asnières, Clichy. *id.* » 60 » 50

### *Heures des Départs.*

7 *heures du m.*, de Chatou pour Nanterre et Paris ; de Saint-Germain pour Chatou.

7 *heures* 1/2, de Paris pour Chatou.

7 *heures* 3/4 , de Chatou pour Saint – Germain.

9 *heures*, de Paris et de S.-Germain pour Chatou ; de Chatou pour Asnières, Clichy et Paris.

9 *heures* 1/4, de Chatou pour Saint-Germain.

11 *heures* 1/2, de Paris pour Chatou.

11 *heures* 3/4, de Chatou pour Saint-Germain.

*Midi* 1/2, de Chatou pour Nanterre , Asnières Clichy et Paris; de Saint – Germain pour Chatou.

1 *heure* 1/2 *du soir*, de Paris pour Chatou.

1 *heure* 3/4 de Chatou pour Saint-Germain.

2 *heures* de Chatou pour Nanterre, Asnières, Clichy et Paris; de St.-Germain pour Chatou.

3 *heures* 1/2, de Paris pour Chatou.

3 *heures* 3/4, de Chatou pour Saint-Germain.

4 *heures* 1/2, de Chatou pour Nanterre, Asnières, Clichy et Paris ; de Saint-Germain pour Chatou.

5 *heures* 1/2, de Paris pour Chatou.

5 *heures* 3/4, de Chatou pour Saint-Germain.

6 *heures* 1/2, de Chatou pour Nanterre, Asnières, Chichy et Paris ; de Saint-Germain pour Chatou.

6 *heures*, de Paris pour Chatou.

6 *heures* 1/4, de Chatou pour Saint-Germain.

8 *heures* 1/2, de Chatou pour Nanterre, Asnières, Clichy et Paris; de Saint-Germain pour Chatou.

7 *heures* 1/2, de Paris pour Chatou.

7 *heures* 3/4, de Chatou pour Saint-Germain.

10 *heures*, de Chatou pour Nanterre, Asnières, Clichy et Paris ; de Saint-Germain pour Chatou.

9 *heures*, de Paris pour Chatou.

9 *heures* 1/4, de Chatou pour Saint-Germain.

FIN.

# TABLE

## DES MATIÈRES.

---

### SERVICE DU CHEMIN DE FER.

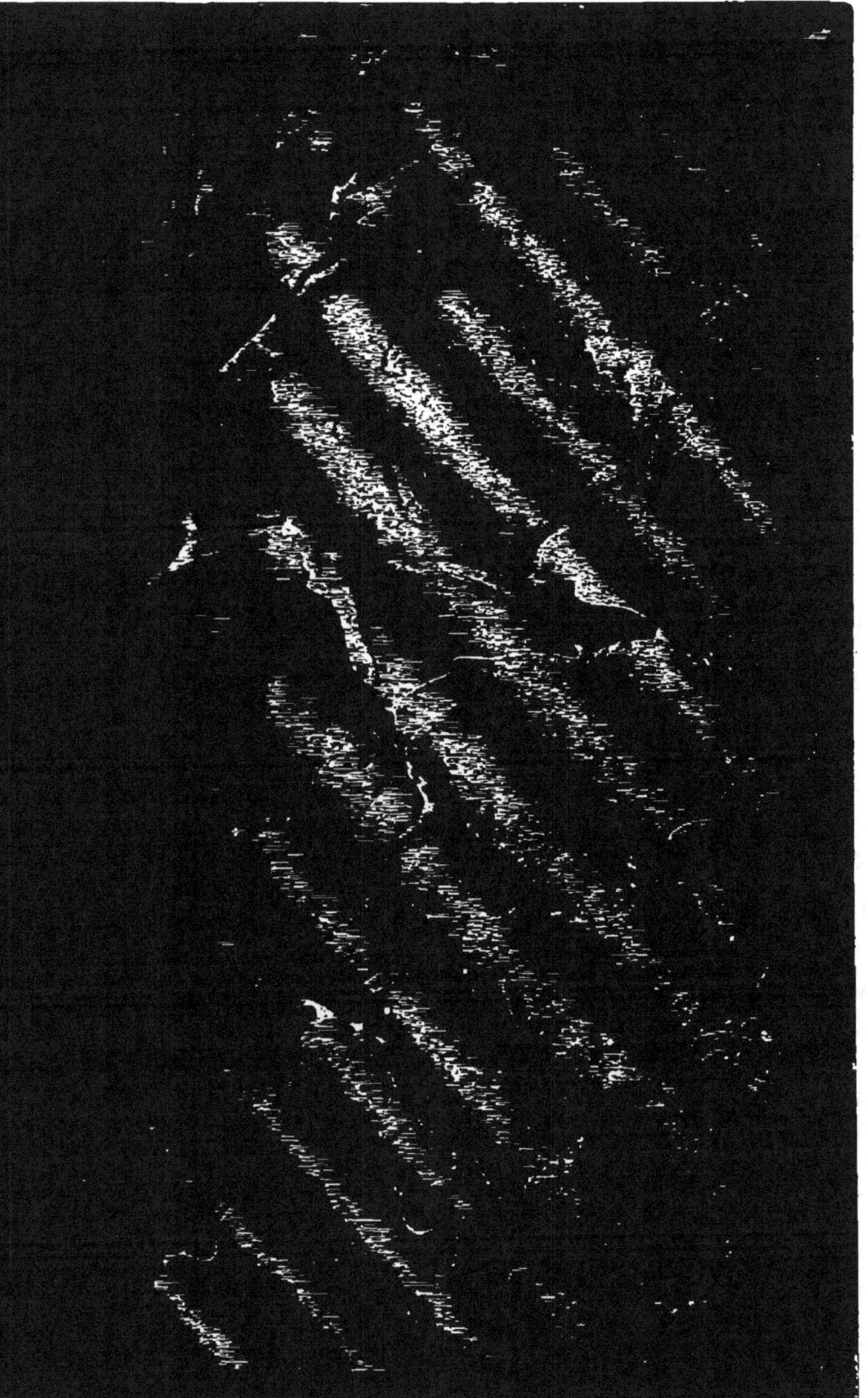

www.ingramcontent.com/pod-product-compliance
Lightning Source LLC
Chambersburg PA
CBHW051149260626
47170CB00005B/2033